文春文庫

残《ざん》花《か》ノ庭《にわ》

居眠り磐音（十三）決定版

佐伯泰英

文藝春秋

目次

「居眠り磐音」

主な登場人物

坂崎《さかざき》磐音《いわね》
元豊後関前藩士の浪人。藩の剣道場、神伝一刀流の中戸道場を経て、江戸の佐々木道場で剣術修行をした剣の達人。

小林《こばやし》奈緒《なお》
磐音の幼馴染みで許婚《いいなずけ》だった。琴平、舞の妹。小林家廃絶後、遊里に身売りし、江戸・吉原で花魁《おいらん》・白鶴《はっかく》となる。

坂崎《さかざき》正睦《まさよし》
磐音の父。豊後関前藩の国家老。藩財政の立て直しを担う。妻は照埜《てるの》。

おこん
磐音が暮らす長屋の大家・金兵衛の娘。今津屋の奥向き女中。

幸吉《こうきち》
深川・唐傘《からかさ》長屋の叩き大工磯次《いそじ》の長男。鰻屋「宮戸川」に奉公。

今津屋《いまづや》吉右衛門《きちえもん》
両国西広小路に両替商を構える商人。お佐紀《さき》との再婚が決まった。

由蔵《よしぞう》
今津屋の老分番頭。

織田《おだ》桜子《さくらこ》
因幡鳥取藩の大寄合・織田宇多右衛門《うたえもん》の娘。

佐々木《ささき》玲圓《れいえん》　神保小路に直心影流の剣術道場・佐々木道場を構える磐音の師。

速水《はやみ》左近《さこん》　将軍近侍の御側衆。佐々木玲圓の剣友。

本多《ほんだ》鐘四郎《かねしろう》　佐々木道場の住み込み師範。磐音の兄弟子。

松平《まつだいら》辰平《たつぺい》　佐々木道場の住み込み門弟。父は旗本・松平喜内《きない》。

重富《しげとみ》利次郎《としじろう》　佐々木道場の住み込み門弟。土佐高知藩山内家の家臣。

品川《しながわ》柳次郎《りゅうじろう》　北割下水の拝領屋敷に住む貧乏御家人の次男坊。母は幾代《いくよ》。

竹村《たけむら》武左衛門《ぶざえもん》　南割下水吉岡町の長屋に住む浪人。妻・勢津《せつ》と四人の子持ち。

笹塚《ささづか》孫一《まごいち》　南町奉行所の年番方与力。

木下《きのした》一郎太《いちろうた》　南町奉行所の定廻り同心。

竹蔵《たけぞう》　そば屋「地蔵蕎麦」を営む一方、南町奉行所の十手を預かる。

北尾《きたお》重政《しげまさ》　絵師。版元の蔦屋重三郎《つたやじゅうざぶろう》と組み、白鶴を描いて評判に。

桂川《かつらがわ》甫周《ほしゅう》国瑞《くにあきら》　幕府御典医。将軍の脈を診る桂川家の四代目。

中川《なかがわ》淳庵《じゅんあん》　若狭小浜藩の蘭医。医学書『ターヘル・アナトミア』を翻訳。

『居眠り磐音』江戸地図

新吉原
寛永寺
山谷堀
待乳山聖天社
向島
今戸橋
浅草
上野
金龍山 浅草寺
下谷広小路
吾妻橋
業平橋
品川家
十間川
北割下水
今津屋
本所
天神橋
法恩寺橋
新シ橋
柳原土手
南割下水
竹村家
両国橋
横川
金的銀的
長崎屋
竪川
薬研堀
大川
鰻処宮戸川
六間堀
若狭屋
猿子橋
竈河岸
小名木川
本橋
日本橋川
新大橋
深川
金兵衛長屋
鎧ノ渡し
霊岸島
八丁堀
永代橋
仙台堀
永代寺
鉄砲洲
富岡八幡宮
佃島
越中島

↑ 至 日暮里
護国寺
小石川
本郷
豊後関前藩
上屋敷
湯島天
牛込
神田川
神田明
表猿楽町
佐々木道場
駿河台
昌平橋
田安御門
神保小路
市谷八幡宮
市谷御門
内藤新宿
四谷
四谷御門
麹町
江戸城
大手御門
平川天満宮
馬場先御門
鍛冶橋御門
南町奉行所
数寄屋橋御門
溜池
原宿
愛宕権現
増上寺
芝
渋谷
麻布広尾町
↓ 至 関前藩下屋敷、品川宿、六郷の渡し

本書は『居眠り磐音 江戸双紙 残花ノ庭』（二〇〇五年六月 双葉文庫刊）に
著者が加筆修正した「決定版」です。

編集協力 澤島優子
地図制作 木村弥世
DTP制作 ジェイ エスキューブ

残花ノ庭

居眠り磐音（十三）決定版

第一章　花びら勝負

一

浅草川の川面に建網《たてあみ》から零《こぼ》れ落ちた水滴がきらきらと光った。網の中では白魚が透き通った魚影を躍らせる。

初春、海にあった白魚は川を遡《さかのぼ》り、砂石の間に卵を産みつける。秋を迎えて稚魚は海に戻り、生育した春、再び川を遡上《そじょう》する。

そこを白魚漁師が待ち構えているのだ。

自然の営みを利用したのが白魚の建網漁だった。

安永《あんえい》五年（一七七六）旧暦二月の終わり、浅草川の金龍山下から芝浦まで白魚役が独占的に漁をして、この流域は御留川《おとめかわ》になった。

坂崎磐音《さかざきいわね》と幸吉《こうきち》は水温《みずぬる》む川を猪牙舟《ちょき》で渡りながら、白魚漁に見惚《みと》れていた。

昼下がり八つ半（午後三時）の刻限だ。

「浪人さん、川はいいな。のんびりするぜ」

深川六間堀北之橋詰の鰻《うなぎ》屋宮戸川《みやとがわ》の小僧が言った。

「宮戸川の務めは窮屈かな」

「親方もおかみさんもいい人だよ。奉公人だって人柄は悪くねえや。だがな、奉公ってのはそれなりに気を遣うもんさ」

十五歳の幸吉が一端《いっぱし》の大人の顔で答え、船頭が吹き出した。

「おかしいかい、船頭さん。いいさ、おまえさん方は、川に出ればお天道様《てんとう》が見ているだけだ。だがよ、こちとらは一日中、親方や職人衆と一緒だ、気が休まる暇がねえってやつだ」

深川の裏長屋に育った幸吉は、物心ついた頃から本所深川の掘割で鰻を捕って川魚料理屋に売り、生計《たつき》を助けてきたしっかり者だ。

深川に住まい始めた磐音に裏長屋暮らしの一から教え、宮戸川の鰻割《さ》きの仲介の労を取ってくれたのも幸吉だ。年齢以上に世間の苦労を身につけている幸吉だが、なにしろまだ体もできていないし、顔付きにも幼さを残していた。

「幸吉どの、そなたがそう気を詰めて働いているとは考えもしなかったぞ」

「浪人さんはよ、どこか、物事を感じ取る螺子《ねじ》が外れてんだよ。こう見えてもおれは、そんじょそこいらの大人とは出来が違うからねえ」

「へいへい、小僧さんよ、有難くご意見は聞いておくぜ」

初老の域にさしかかった船頭が巧みに櫓《ろ》を使いながら茶々を入れる。

「だがよ、小僧さん。鉄五郎《てつごろう》親方は、客にも奉公人にも、おれたち堀を往来する船頭にも、分け隔てのない付き合いをしてくれるお人じゃねえか。江戸じゅうを金の草鞋《わらじ》を履いて探したって、そうそう見付かる親方じゃねえや。そりゃ、奉公は外から見るほど楽じゃあるめえ。だがよ、小僧さんを猪牙に乗せて、日暮里《にっぽり》まで出前に出し、息抜きしてこいと命じなさる親方はそうはいねえぜ」

「おや、こいつが息抜きってかい」

「小僧さん、おれはそう見たね。人情の機微が分かった親方じゃねえか」

幸吉が磐音を振り向き、

「そんな塩梅《あんばい》かい」

「船頭どのが申されるとおりだ。谷中日暮里《ひぐらしのさと》の高嶋《たかしま》屋のご隠居から注文が来たのを幸い、幸吉どのに出前をさせて、帰りは少しばかり息抜きをさせようと考えられたのだ。日暮里からの便りに彼岸桜も枝垂れ桜も咲き誇ったそうな、出前をお届けした後はのんびりしてきなせえ、とそれがしに申された」

「おや、なんてこった。親の心子知らずか」

と答えた幸吉だが、どこかしんみりとした顔になった。

首尾の松を左手に見ながら御厩河岸《おうまやがし》ノ渡しを過ぎて、

「日暮里なら山谷堀に入るのが一番だが、小僧さんには目の毒の遊里もあらぁ。旦那《だんな》、吾妻橋際でいいかえ」

「頼もう」

磐音にとっても吉原は心に引っかかりをおぼえる場所だ。

北州の傾城《けいせい》には、磐音の許婚《いいなずけ》だった奈緒《なお》が白鶴《はっかく》太夫と名を変えて全盛を誇っていた。

磐音は、白鶴太夫を陰からそっと支える立場に徹しようとしていた。あまり身辺に近付いて心を惑わすこともない世界だった。

二人の足元の岡持ちから鰻の蒲焼《かばやき》のいい香りが漂い、春の陽気の中、船中から川面へ広がっていく。

「浪人さん、おそめちゃんに奉公の話が来てるんだ」

幸吉がふいに話題を変えた。

鬱々《うつうつ》としていたのはこのせいであったかと磐音は気付いた。

「どのような話だな」

「一つは、室町《むろまち》の呉服屋さんの見習い女中だ。礼儀作法はひととおり教えてくれるだろうが、なにしろ給金が安いや」

「最初から十分な手当てをくれるところはあるまい」

「そうだな」

と相槌《あいづち》を打った幸吉は、

「もう一つは、銭になるところだ」

「給金が高い奉公先とはどんなところだ」

「柳橋の茶屋が、娘衆《むすめし》にどうだと言ってきてるそうだ」

「それはならぬぞ。おそめちゃんはまだ年端もいかぬではないか。親御どのはなんと言うておられる」

「浪人さんもそう思うかい」

「もちろんじゃ」

「親父はよ、十両だか十五両の仕度金に目が眩《くら》まされてるようだが、おっ母さんは、おそめの身を売るようなことはさせないと頑張ってるんだ。だがよ、お父っつぁんは博奕《ばくち》も酒も好きだから、細けえが方々にツケもある。そこが、今一つ心配なんだ」

「おそめちゃんの母御はしっかり者だ。親父どのの欲に付き合うて、水茶屋に奉公を許すことなどあるまい」

と答えた磐音は、

「肝心のおそめちゃんはどのような商いのお店に奉公したいのかな」

「それがさ、ちょいと変わってるんだ」

と幸吉が応じたとき、猪牙舟は吾妻橋際の船着場に舳先《へさき》を寄せた。

「これからは歩きで行きねえ。小僧さんよ、岡持ちの鰻をひっくり返すんじゃねえぜ」

と船頭に注意され、

「まずはそれがしが持っていこう」

と磐音が重箱に入った蒲焼の岡持ちを提げた。

「心配かけてすまねえな」

幸吉が船頭に声をかけ、

「小僧さんよ、しっかり奉公して、鉄五郎親方に暖簾《のれん》分けしてもらい、一日も早く一国一城の主《あるじ》に出世するこったぜ」

と励まされた。

磐音と幸吉は水上から浅草広小路の賑《にぎ》わいに身を置いた。

「蒲焼が冷めてもいかぬ。速足で参るぞ」

「あいよ」

磐音の前を幸吉が歩き、

「すまねえが、道を開けてくんな」

と声をかけながら、浅草寺《せんそうじ》の門前町の広小路を東から西に突っ切り、寺町を抜けて坂本村に出た。

ここまで来ると辺りは一変して長閑《のどか》な田圃《たんぼ》が広がり、忍《しのぶ》ケ岡《おか》に東叡山寛永寺《とうえいざんかんえいじ》が望めた。

その岡全体が春の息吹に彩られて、朧《おぼろ》に染まり煙る景色を見せていた。

稲の切り株が残る田圃の畦道《あぜみち》を行くと、男たちが吉原通いに使う下谷坂本町の道にぶつかり、それを横切った二人は、この辺りで根岸と呼ばれる金杉村に入っていった。

「気が清々するぜ」

と幸吉が呟《つぶや》き、

「浪人さんばかりに持たせちゃあ、悪いや。代わるよ」

「なあに大したことはない。それより、最前言いかけたおそめちゃんが奉公したい先はどこだな」

「あれか」

と答えた幸吉が、

「ほんとに、おそめちゃんは変わってるぜ。娘だてらに、手に職を持つ大人になりたいんだと」

「ほう、それはまた賢い考えじゃな。われらのような二本差しでは食えぬ世の中だからな。おそめちゃんは髪結いにでもなりたいのか」

「それが浅はかというんだよ。おそめちゃんは、浴衣《ゆかた》地みてえな、染めの職人になりたいんだと」

「手を染め粉で汚す職人にな。確かに浴衣は着ている分には粋だが、仕事は大変であろう」

「あんなもん、男の仕事だぜ。そんなところで働きたいと言うけどさ、娘の仕事じゃねえぜ。やめたほうがいいと思うんだがな」

幸吉は幼馴染《おさななじ》みのおそめの奉公のことで頭が一杯らしい。

二人はようやく谷中本村に入った。

宮戸川の鰻は近頃とみに評判が高く、川向こうから舟で食べに来る人も多く、

「深川鰻処　宮戸川」

の評判はますます上がるばかりだ。そんな客から、

「うちの屋敷に届けておくれ」

「隠居がぜひ食べたいと言うのだが、無理をきいておくれな」

という注文を受けることもしばしばだった。

上方から伝わった鰻の江戸での流行は、料理法を江戸流に工夫した職人たちの腕のなせる技だ。

その先達の一人が鉄五郎だった。

深川には小名木《おなぎ》川をはじめ、仙台堀、亥《い》の堀、釜屋《かまや》堀、鍋屋《なべや》堀と、満潮の折りには汐《しお》が流れ込む堀があって、天然の鰻が生息していた。

この鰻を材料にした鉄五郎は、鰻を丁寧《ていねい》に割いて、蒸し上げ、焼くという、江戸前独特の蒲焼を工夫した。なにより宮戸川の秘伝のたれが鰻の蒲焼の評判を呼

んで、年々客層を広げていた。

大伝馬町《おおでんまちょう》の木綿《もめん》問屋高嶋屋の隠居百蔵《ももぞう》は、去年の秋に富岡八幡宮《とみおかはちまんぐう》にお参りに来たついでに舟を六間堀に回し、宮戸川の蒲焼を食べてその味の虜《とりこ》になった一人だ。ひと月に一度のわりで店に立ち寄っていたが、春先に引いた風邪《かぜ》が長引き、ようやく床上げをしたとか。

その百蔵がどうしても宮戸川の鰻で精をつけたいと、出前を頼んできたのだ。

江戸の木綿問屋でも大所の高嶋屋は、谷中日暮里に隠居所を持っていた。

谷中の名は『小田原衆所領役帳』に、

「屋中」

の文字で現れるのが最初とか。元々、上野の忍ヶ岡と駒込《こまごめ》の台地の間の低地を差したゆえに、

「谷中」

になった。また日暮里《につぽり》は新堀からの変化で、風雅にも日暮里《ひぐらしのさと》と呼ばれるようになるのは享保期《きようほう》（一七一六～三六）以降のことだという。

〈東叡山谷中日暮里《ひぐらしのさと》　諏訪社《すわしや》辺、田園の眺望いとよし。山下の寺院庭を造り、亭を儲《もう》く。弥生《やよい》の頃、此地に遊ぶ人日毎に多し……〉

斎藤月岑《さいとうげっしん》の『東都歳事記』は谷中日暮里をこう描写するが、寺社ばかりか豪商や文人墨客《ぼっかく》がこの界隈《かいわい》に別宅や隠宅を競って設けた。

高嶋屋もそんな一軒だった。

二人は谷中本村と日暮里の境、野地蔵の祠《ほこら》のある辻《つじ》に差しかかった。周囲は見渡す限り畑が広がっていた。

牧歌的な田園のあちこちにほんのりと紅色が浮かんでいた。枝垂れ桜や彼岸桜だ。

揚げ雲雀《ひばり》が青い空の一角で鳴いている。

そんな広々とした風景の中、西の方角に雑木林が広がり、田舎家《いなかや》が見えた。

「幸吉どの、高嶋屋どのの隠宅を承知ではあるまいな」

「高嶋屋どころか、谷中日暮里なんて初めてのとこだぜ」

使いに来た手代は宗福寺門前と告げた。

「おれがよ、あの田舎家で寺の在り処《あか》を訊いてくらあ」

岡持ちを提げた磐音を辻に残すと、幸吉は田舎家へと走っていった。

磐音は岡持ちを祠の前に置いて、野地蔵に頭を下げた。汗がうっすらと額に滲《にじ》んでいた。

北の方角から駕籠《かご》がやってきた。その先にある寺からの帰りらしい。風呂敷を胸に抱えた女中が従っていた。

「ちと、ものを尋ねたい。宗福寺はどこにござろうか」

駕籠かきが磐音の風体《ふうてい》を見て、

「お侍、あの林の裏手にあるのが宗福寺さんだ」

と幸吉が走っていった方角を差した。

「助かった」

駕籠には大店《おおだな》の内儀《ないぎ》らしい太った女が乗っていた。会釈《えしやく》をし合った磐音と駕籠が擦《す》れ違い、磐音は教えられた道を進んだ。

雑木林の前で幸吉が手を振っていた。

「谷中日暮里なんてよ、深川から考えると地の果てだぜ」

幸吉がふてくされて磐音を迎えた。

「そう申すな。のんびりしたものではないか」

「猪牙に乗って、さんざん歩いても、まだ着かねえや」

幸吉はぼやきながらも雑木林の間の道を抜けた。すると花の季節を終えた梅林が広がり、その先に枝垂れ桜や彼岸桜が霞《かすみ》と見紛うばかりに咲き誇る邨《むら》の辻に出た。そこから宗福寺の山門も見えた。

「あの隠居所かねえ」

と幸吉が竹垣の隠宅を指した。

藁葺《わらぶ》きの屋根のある門の向こうに飛び石が見えた。

隠宅はひっそりと静まり返っていた。

静かというよりも、なにか緊張が漲《みなぎ》った静寂に磐音には感じられた。だが、このような長閑な邨に危険が潜んでいるとも思えない。

思い過ごしであろうと考えた磐音は、

「この家しかないところを見ると、まず高嶋屋どのの隠宅であろう」

と言って岡持ちを幸吉に渡した。

「最後のいいところだけを悪いな」

「武骨者が鰻の出前もおかしいからな」

幸吉は岡持ちを両手に抱えると、

「御免ください」

と藁葺きの門を潜《くぐ》った。

一仕事終えた磐音は、来迎山光明院宗福寺の山門を振り返った。浄土宗の寺は芝の増上寺《ぞうじょうじ》の末寺である。

西に翳《かげ》った陽光に照らされた日暮里には、風に吹かれて竹がざわめく音だけが響いていた。

「ご隠居さんよ、これだけおれが事を分けて話しても分かっちゃくれねえのかい」

ふいに不釣合いな濁声《だみごえ》が響き渡った。

「隠居所には金がねえの一点張りだがよ、深川くんだりから鰻を取り寄せる豪勢さじゃねえか。この隠居所に、三十や四十両の小判がねえことはなかろうぜ」

なにか年寄りが応じる声がした。

磬音はそうっと藁葺きの門を潜った。石畳に沿って進むと、玄関と枝折戸《しおりど》へと分かれていた。

問答は枝折戸の中、庭からだ。

「いいのかい。可愛《かわい》い妾《めかけ》の顔に傷をつけられてもよ」

ひえっ

とまだ若い女の悲鳴が上がった。

どうやら高嶋屋の隠居百蔵は、この隠宅に若い妾を囲っているらしい。

「私にはおまえさん方に脅《おど》される謂《いわ》れはございませんよ」

「だから言ってるじゃねえか。おめえの倅《せがれ》の幸右衛門《こうえもん》がうちの出合茶屋《であいぢゃや》に上がって、あろうことか、相手の女が来ないってんで茶屋の女将《おかみ》に手を出したって。見世の看板を傷つけられたとあっちゃ、こちとらも黙ってられねえんだ」

「うちの倅は堅物です。そんな怪しげな出合茶屋なんぞには上がりません」

隠居の百蔵の声か、必死に抵抗していた。

「おめえの倅は、寛永寺下の茶屋じゃ〝すて鐘の飛び上がらせる出合茶屋〟って川柳もどきの遊蕩児《ゆうとうじ》で有名だ。こいつが表沙汰《おもてざた》になってみろい、木綿問屋の高嶋屋は終わりだ。それを内々に始末してやろうってんだ。なんならこれから大伝馬町の店に乗り込もうか」

隠居所が年寄りと女だけと見て、高嶋屋の当代の醜聞をネタに金子《きんす》を強請《ゆす》り取ろうという一味が、入り込んでいるらしい。

ふいに庭の様子が見えた。

洒落《しゃれ》た隠居所の縁側に、老人と中年増《ちゅうどしま》の妾と小女《こおんな》の三人が座らされ、それを五、六人の男たちが囲んでいた。その輪から離れた場所に浪人ともう一人、大たぶさに結い上げた派手な縞《しま》模様の羽織の親分がいて、幸吉の手首を摑《つか》んで見張っていた。

その足元に磐音が提げてきた岡持ちが見えた。

「仕方ねえ、妾の顔にちょいと悪戯《いたずら》をさせてもらおうか」

親分の命に、兄貴分が匕首《あいくち》の刃で若い妾おくめの頬《ほお》をぴたぴたと叩《たた》いた。

「ひえっ、旦那様」

とおくめがまた悲鳴を上げた。

二

「これこれ、日中、さような乱暴はいかぬぞ」

谷中日暮里の隠宅になんとも長閑な声が響いた。

「だれでえ、てめえは」

「出前持ちの付き添い、平たく言えば用心棒でござる」

「出前持ちの用心棒だと、ふざけやがって」

「親分、そなたの名はなんと申すな」

「上野黒門町は立田川《たつたがわ》の寅太郎《とらたろう》親分だ」

おくめの顔を匕首の刃でぴたぴた叩いていた兄貴分が、その切っ先を磐音に向けて怒鳴った。

「立田川の寅太郎か、よい名じゃな。だが、しておることはいかぬな」

会話を交わしながら、いつの間にか匕首の兄貴分との間合いを詰めていた。

磐音の語調と言葉遣いがあまりにものんびりすぎて、周囲にそのことを感じさせなかった。

磐音のとぼけぶりを承知なのは幸吉だけだ。

親分が磐音の出現に気を取られている隙《すき》に、親分の向こう脛《ずね》を思いっきり蹴《け》り上げ、摑んだ手を外した。

「痛てえっ、この餓鬼《がき》が！」

寅太郎の悲鳴に思わず兄貴分が視線を巡らしたのを、磐音が見逃すはずもない。

匕首を握る手首を摑んで逆手に取ると、

「痛てててっ」

と匕首を取り落とした。その背中を膝《ひざ》で軽く蹴りつけると、
とっとっとと
と親分が片足立ちで痛みを堪《こら》えている庭に転がった。

「馬鹿野郎、一昨日《おととい》来やがれ」

岡持ちを抱え直した幸吉は兄貴分の面先《つらさき》に言い放つと、縁側に呆然《ぼうぜん》と腰を落としている高嶋屋の隠居や妾のところに走り寄り、

「ご隠居さん、蒲焼をお届けに上がりましたよ」

と岡持ちを縁側に置いた。

「あ、有難うよ。だが、なんとも取り込み中でな」

「ご安心くださいな。うちの用心棒に片付けさせますから」

「小僧さん、冗談はよしとくれ」

「ご隠居さん、冗談なんかじゃありませんよ。それにさ、この手合いは一度付け狙《ねら》うと何度でも強請りたかりにやってきます。高嶋屋の旦那さんが出合茶屋に出入りするなんて、嘘《うそ》っぱちに決まってますよ」

その間に、寅太郎親分と兄貴分が体勢を立て直していた。顔を赤くした寅太郎が、

「永谷《ながたに》先生、こうなったらこやつらを畳んで、高嶋屋の隠居所の金子を洗い浚《ざら》い持って帰りますぜ」

と叫ぶと、子分たちが長脇差《わきざし》やら匕首を構え、永谷某《なにがし》が悠然と塗りの剝《は》げた

鞘《さや》から反《そ》りの強い豪剣を引き抜いた。

「立田川の親分、時は春、空には揚げ雲雀が鳴き、地には彼岸桜、枝垂れ桜が咲き乱れて、なんとも長閑ではないか。無粋な真似《まね》はよさぬか」

「のったりのったり牛のよだれみてえに喋《しゃべ》りやがって、許せねえ」

匕首を取り落とされて仲間の長脇差を手にした兄貴分が、長脇差を摑んだ手に唾《つば》を吐きかけて、

「死ね！」

と叫びながら突っ込んできた。振り上げた長脇差が叩きつけられるところ、

すいっ

と相手の内懐《うちぶところ》に入り込んだ磐音が長脇差の腕を下から突き上げ、足を絡《から》ませると、勢いを利して横手に軽々と投げ捨てた。

兄貴分は肩口から庭石にぶつかり、気を失った。

「兄貴の仇《かたき》っ」

とばかりに子分たちが三方から襲いかかってきたが、磐音の手には峰に返された長脇差があり、それを、

ひょいひょい

と遣って、突っ込んでくる子分たちの足や腰を叩いて転がした。

一瞬の早業だ。だが、磐音がいとも軽やかに長脇差を振るうために、寅太郎にも永谷某にも凄《すご》みが感じ取れなかった。

「先生、やってくんな！」

永谷は、八双《はっそう》に構えた豪剣を、突っ込みに合わせて斬《き》り込んできた。

なかなかの刃風だ。

だが、神保小路《じんぼうこうじ》の直心影《じきしんかげ》流佐々木《ささき》玲圓《れいえん》門下の磐音は、春風駘蕩《しゅんぷうたいとう》たる風情《ふぜい》で受け流し、峰に返した長脇差を永谷の首筋に鋭く叩き込んでいた。

一瞬、立ち竦《すく》んだ永谷の腰が、
がくん
と落ちて地面にへたり込んだ。

ようやく磐音の腕前に気付いた寅太郎が、

「わああっ」

と意味不明なことを叫びながら逃げ出すところに、刃に戻された長脇差が一閃《いっせん》された。

大たぶさの髷《まげ》が虚空に飛んで、幸吉が、

と叫んで騒ぎはやんだ。

「寅太郎親分、そなたの黒門町の家に、南町奉行所定廻《じょうまわ》り同心木下一郎太《きのしたいちろうた》どのにお出張《でば》り願う。神妙に待っておれ」

磐音の言葉を呆然と聞いた寅太郎らは、這《ほ》う這《ほ》うの体《てい》で引き上げていった。

「寅太郎一家め、髷と抜き身を残していきやがったぜ」

「幸吉どの、そなたは宮戸川の小僧さんにござるぞ。お客の前で乱暴な口を利《き》いてはいかんな。改めてご挨拶《あいさつ》するがよい」

と磐音に注意された幸吉が、

「深川六間堀の宮戸川から鰻の出前にございます、高嶋屋のご隠居様」

と岡持ちの蓋《ふた》を上げ、冷めないように布で幾重にも包まれた鰻の蒲焼を見せた。

すると、

ぷうーん

と蒲焼の香りが漂った。

「やれやれ、命が縮まりました。それにしても用心棒連れとは、宮戸川の出前持ちは変わっておりますな」

「玉屋っ！」

と感心しながらも百蔵は少しばかり平静を取り戻した。

「それがし、宮戸川の鰻割きを職の一つにしております。本日は遠出というので幸吉どのの付き添いで参った次第」

「助かりました。お礼を申します。だが、あやつらは、また姿を見せませんかな」

とそれでも心配する百蔵に、

「帰りに南町に立ち寄り、本日の騒ぎの一部始終を報告しておきます。あの者どもが、あちらこちらで金品を強請り取っていることは間違いござるまい。南町からきついお咎《とが》めがござろう」

「まさかとは思うが、倅に限って」

百蔵は倅の幸右衛門の行状を案じた。

「ご隠居さん、それがあいつらの手なんですよ」

と幸吉が請《う》け合い、

「いやはや、冷や汗をかきました。これ、おくめ、おさん、ぼうっとしてないでお茶など出さぬか」

とおくめと小女に命じた。

「いやね、谷中日暮里界隈に昼日中から強請りたかりが横行していると聞いていましたが、まさかうちに来るとはねえ」

「やはりそうであったか」

磐音と幸吉は年寄りと女住まいの隠宅で半刻《はんとき》（一時間）ばかり話に付き合い、気持ちが平静に戻ったところで引き上げることにした。

「この騒ぎで風邪なんぞふっ飛びました。近々宮戸川にお礼に参りますでな、鉄五郎親方によろしく伝えてくだされよ」

と百蔵に見送られた二人は、幸吉が空の岡持ちを、磐音が鬠と抜き身をぼろ布に包んで持ち、谷中日暮里の隠宅を後にした。

夕暮れが訪れて、桜に彩られた美しい景色を朧に現出していた。

そんな刻限、二人はせっせと歩いて下谷坂本町から町中に戻り、ほっと息をついた。

「浪人さん、風流もいいけど、若い者《もん》はやっぱり町中が落ち着くな」

深川育ちの幸吉が正直な気持ちを吐露した。

折りしも上野の山から暮れ六つ（午後六時）の時鐘が打ち鳴らされた。はらはらと花吹雪が舞う様が脳裏に思い浮かぶような鐘の音だ。

「幸吉どの、大伝馬町の高嶋屋に立ち寄り、一応このことを報告して参ろうか」

二人は下谷広小路から御成街道を通って大伝馬町に出た。

高嶋屋はまだ開いていたが、そろそろ店仕舞いの様子を見せていた。

帳場格子《ごうし》の中では番頭が帳簿を広げて算盤《そろばん》を弾《はじ》いていた。

「御免」

と声をかけた磐音を番頭が不思議そうに見た。

磐音は上がりかまちに番頭を呼び寄せて小声で事情を告げた。

「なんとどえらいことが」

「もはや収まっておる、隠居所のどなたにも怪我《けが》はない。だが、あの手合いは油断がならぬゆえ立ち寄り申した」

「有難うございました」

と礼を述べた番頭が、

「うちの旦那様にかぎり、出合茶屋に出入りするなど、金輪際《こんりんざい》ございません。南町奉行所の木下一郎太様なら、うちの出入りにございます。お侍様、この一件、うちから南町奉行所に届けます」

ときっぱりと請け合った。

「安心いたした」

磐音は証《あかし》にと持ってきた髷と抜き身を番頭に預け、木下一郎太に渡してほしいと願った。

「承知いたしました。しばらくお待ちを」

と礼金でも包もうとする様子の番頭を後目《しりめ》に、磐音と幸吉は高嶋屋を出ると、旅籠《はたご》が並ぶ大伝馬町から通旅籠町《とおりはたごちょう》、通塩町《とおりしおちょう》、横山町と抜けて、両国西広小路に出た。

となれば、夕暮れに染まる米沢町の一角に分銅《ふんどう》看板が揺れる今津屋《いまづや》が目の前だ。

「幸吉どの、挨拶だけして参ろうか」

今津屋も店仕舞いに追われていた。

どことなくいつも以上に活気が感じられるのは、新しい内儀を迎えることが決まったせいか。

江戸の両替商六百軒の筆頭、両替屋行司《ぎょうじ》の今津屋吉右衛門《きちえもん》は、内儀お艶《えん》を病で亡くしていたが、三回忌の法会《ほうえ》が終わるのを待っての、小田原脇本陣小清水《こしみず》屋の次女お佐紀《さき》との再婚を決めたばかりだった。

この再婚話には老分《ろうぶん》番頭の由蔵《よしぞう》と磐音が大きく関わっていた。

江戸での見合いも上々の首尾に終わり、吉右衛門もお佐紀も互いを気に入った様子で、

「今津屋様は大所帯のうえ、吉右衛門様もご立派な旦那様、未熟者の私にお艶様の代わりが務められましょうか」

と不安がるお佐紀に、

「お佐紀さん、お艶は病弱ということで奥にひっそりと暮らしておりました。それでも、十分に今津屋の内儀の役を果たしてきたのです。奥に内儀がいるといないでは、それだけで奥の張りが違います。なあに、でんと構えていてくだされば、あとは由蔵やおこんが動きます。それが肝心なことです」

と吉右衛門は熱心にお佐紀を説得した。

江戸滞在中、吉右衛門とお佐紀は二人だけで芝居見物などに行き、互いの人柄の理解に努め、お佐紀はどこか上気した様子で小田原へと戻っていった。

赤木儀左衛門《あかぎぎざえもん》と小清水屋右七《ゆうしち》、お佐紀親子の一行を、磐音とおこんは六郷の渡しまで見送っていた。

儀左衛門は別れるときも、

「坂崎様、雨降って地固まるとはほんにこのことですよ。鎌倉《かまくら》の騒ぎがあって

万々歳の再婚話が決まりました」

と満足げだった。

お艶の三回忌の法会に再び江戸に出てくることも決まった一行と六郷の渡しで別れて、早ひと月が過ぎようとしていた。

「おや、こんな刻限に空の岡持ちなんぞを持った小僧さんを従えて、どこぞに出前をなさったのですかな」

由蔵が目敏《めざと》く磐音らに気付き、帳場格子から声をかけてきた。

「谷中日暮里の隠宅まで行って参りました」

「風雅の地に鰻を注文されたのはどちらさまですかな」

「大伝馬町の高嶋屋の隠宅です」

「おやまあ、高嶋屋のご隠居は若いお妾さんを囲っておいでと聞いていましたが、鰻で精をつける算段かな」

「風邪をこじらせたそうで、病後の養生に鰻を注文なされたのです」

と磐音が答えたところへ、奥からおこんが顔を覗《のぞ》かせた。

「高嶋屋のご隠居さんも若いお妾さんを囲うとは大変ね」

「聞いておられたか」

「老分さんの声は、内緒話ができないくらいご立派なの。台所まで筒抜けよ」

と答えたおこんが、

「幸吉さん、うちで夕餉《ゆうげ》を食べていかない」

と誘ったのへ、磐音が、

「おこんさん、帰りがだいぶ遅れているのだ」

と隠宅で遭遇した騒ぎを話した。

「なんとまあ、坂崎さんの出向くところ、どこもかしこも風雲渦巻いて怪しげな気配ばかりね」

「おこんさん、それがしが望んだわけではござらぬ」

溜息《ためいき》をつきつつ磐音が憮然《ぶぜん》とした顔をした。

「坂崎様にちょいと御用があったのですがね」

と言いかける由蔵に幸吉が、

「老分さん、おれ一人で帰れるぜ」

と飛び出す様子を見せた。

「幸吉さん、ちょっと待って。今、だれかに送らせるわ」

とおこんが言い、由蔵が店を見回した。

「老分さん、おこんさん、小僧が今津屋さんの奉公人さんに送らせたとあっちゃ罰《ばち》があたらあ。おれ一人で両国橋を渡って帰れるよ」

と遠慮した。

「鉄五郎親方は、理由があって坂崎さんをおつけになったのよ。それをうちが横取りしたようなものよ。お待ちなさいって」

と引き止めたおこんが奥に下がり、到来物の干菓子や干瓢《かんぴょう》などを包んだものを宮戸川への手土産《てみやげ》だと持ってきた。すると様子を見ていた振場《ふりば》役の新三郎《しんざぶろう》が、

「おこんさん、私が橋向こうまで持っていきます」

と幸吉を送ることを申し出た。

「新三郎さん、お願い」

と新三郎に頼んだおこんが、別の紙包みを幸吉に持たせた。

「金平糖《こんぺいとう》よ、嘗《な》めながら帰りなさい」

「おこんさん、有難う」

新三郎に伴われた幸吉を、磐音も店の前まで送って出た。

「よいな。遅くなった事情《わけ》は、明朝それがしからも親方に申し上げるでな」

「おれはさ、裏長屋育ちだぜ。どこに行くにも一人でやれたんだ。そう、みんなで心配してくれなくてもいいってことよ」

幸吉が困った顔で応じた。

「いや、今日のように騒ぎに出くわすときは、気をつけねばならんぞ」

磐音とおこんに見送られた幸吉は新三郎を従え、両国西広小路の雑踏に姿を消した。

その背を見送りながら、

「幸吉どのには幸吉どのの悩みがあってな」

「なにを悩んでいるの」

「唐傘《からかさ》長屋のおそめちゃんに奉公話が出ておる」

と磐音は事情を告げた。

「茶屋なんてとんでもないわ。博奕狂いの親父め、一度ぎゃふんと言わせなきゃ駄目ね」

と怒るおこんに、

「娘が染物屋の職人になれるのであろうかな」

「この話、まずはおそめちゃんの真意を尋ねるのが先じゃない」

「おお、そうだ。それが先決であったな」

「本気で染めの職人さんになる気なら、手蔓《てづる》を探せばいいことよ」

今津屋が本気になれば、大奥から江戸の裏長屋まで人脈には事欠かなかった。

「そう願おう」

と頭を下げた磐音は、

「ところで、本日の御用とはなんであろうかな」

「旦那様は勘定奉行の太田《おおた》様に呼ばれて御城まで行っていらっしゃるの。お帰りになったら直《じか》に訊くことね」

と答える鼻先で今津屋の表戸が閉じられた。

三

今津屋吉右衛門が店に戻ってきたとき、磐音は台所を手伝い、鰹節《かつおぶし》を削っていた。

主の帰宅におこんが慌《あわ》てて迎えに出て、しばらく店のほうから吉右衛門と由蔵が話す声がしていた。

表戸は閉じられたが、店では一日の帳簿整理や銭箱の勘定やら相場の整理が行われていたのだ。

磐音が奥に呼ばれたのは、吉右衛門の帰宅から四半刻《しはんとき》(三十分)も過ぎた頃合いだ。

「お待たせしましたな」

吉右衛門のかたわらではおこんが羽織袴《はかま》を畳んでいた。吉右衛門は普段着に袖《そで》無《な》しを羽織ったところだった。

由蔵も座敷に控えていた。店はひと段落ついたのだろう。

「本日は御城に参られたとか、さぞお疲れにございましょう」

磐音の言葉に、

「気を遣い、金まで遣わされます」

と吉右衛門が苦笑いした。

「本日、呼ばれましたのは、勘定奉行勝手方を安永二年(一七七三)からお務めの、太田播磨守正房《はりまのかみまさふさ》様の御殿御勘定所でございましてな、同席なされたのは御勘定所の勝手方掛にございます。まあ、こう話せば坂崎様にはお分かりと思いますが、両替商一統に金子を都合せよとのお達しにございますよ」

「日光社参の費用にございますな」

吉宗以来四十八年ぶりとなる日光社参が、およそひと月後に行われようとしていた。

将軍家の日光東照宮の社参は家康の命日の四月十七日に合わせ、二代将軍秀忠以来、三代家光、四代家綱、八代吉宗と十七回行われていた。

徳川の祖、神君家康の霊廟《れいびょう》への社参の目的は、三百諸侯、直参《じきさん》旗本、あるいは世間に、

「幕府の威光」

を示し、将軍家への忠誠を改めて問う儀式であった。

だが、幕府開闢《かいびゃく》以来百七十余年が過ぎると、御城の御金蔵に社参にかかる費用の蓄えとてなく、今津屋吉右衛門ら商人《あきんど》の財力に密《ひそ》かに頼るていたらくであった。

元々、十代将軍家治の社参は四年前に行われようとした経緯《いきさつ》があった。だが、この折りは家治の正室の死去により延期になっていた。

懐《ふところ》は苦しいながらも威信を示さねばならない無理があちらこちらに出ていた。

十八回目になる家治の日光社参に動員される総人数は、およそ延べ四百万人、

馬は三十万五千頭を数えると推測され、総費用は膨大な額にのぼった。

前回の吉宗の日光社参は幕府の財政建て直しを計ったばかりで勢いがあった。だが、こたびは凋落《ちょうらく》する幕府の威信を神君家康の霊廟参りでなんとか回復させようという願いがこめられていた。

「いかにもその費用の捻出《ねんしゅつ》を、私ども町方に押し付けられたのでございますよ」

「幕府の実入りが年に百五十万両です。その七分の一のおよそ二十二万両も社参にかかると分かって、足りない、なんとかせよ、との無理難題です。都合がつかなければ、幕府の御勘定方も腹を切らねばならぬ仕儀に立ち至るそうです」

由蔵が呆《あき》れたように二人の会話に割って入った。

「二十二万両のうちどれほど足りぬのですか」

磐音もつい訊いていた。

「坂崎様、お聞きにならぬほうがよろしい。うちの老分さんの嘆きで察してください」

その大半の御用が命じられたかと磐音は推量した。

日光社参にはこれだけで済むわけではない。

威勢を示すために随行する三百諸侯、旗本方の入費《にゅうひ》は各自負担する。幕府の御金蔵に蓄えがないと同様こちらも手許不如意《てもとふにょい》で、一年も前から社参の入費捻出に各大名家の留守居役、御用人が江戸じゅうを金策に走り回っていた。

今津屋にも日を置かず駕籠を乗り付け、借金の申し込みをしていく大名家、大《たい》身《しん》旗本の重臣方が跡を絶たなかった。

「とは申せ、老分さん、坂崎様、この期に及んで金子は用立てられませぬでは済みません。なんとか明日からその金子の調達を始めるとします」

と吉右衛門が、由蔵と、形ばかりの今津屋の後見を務める磐音に宣言した。

「致し方ございませぬな」

と由蔵が承知し、磐音も共に首肯《しゅこう》したが、まだ理解がつかなかった。

そこへおこんと女衆《おんなし》が夕餉の膳《ぜん》を三つ運んできた。

酒も運ばれてきて、磐音は吉右衛門と由蔵と膳を囲むことになった。

おこんが三人の男たちに酌をして、

「あとはお願いいたします」

と台所に下がった。

内々の話があると考えたのだ。

今津屋の奥座敷でのこのような光景も、お佐紀が来れば当然なくなるものだった。それだけに、由蔵や磐音には一抹《いちまつ》の寂しさが感じられる主との酒席であった。

「今津屋どの、それがしへの御用とはこのことにございますか」

日光社参はひと月後のことだし、なにより浪々の磐音が出る場はなさそうに思えた。

「さようにございます」

吉右衛門が答え、由蔵もおやという顔で主を見た。

「太田様方との話し合いで、ちと注文をつけさせてもらいました。いえね、話を聞くだに杜撰《ずさん》な会計でございましてな。二十二万両の予算と言われますが、あの様子なら竹笊《たけざる》で水を掬《すく》うが如《ごと》く漏れに漏れて、いくら金子があっても足りません。社参が終わったはよいが、後々、当初の見積もりの何倍もの請求がくるかもしれません。そこでわれら町方で金子の調達を引き受ける代わりに、算盤勘定のしっかりした何人かの商人実務方を出納方《すいとうがた》に入れさせてくださいとお願いいたしました」

「太田様は承知なされましたか」

「幕府の体面に関わることゆえそれはならぬ、と断られました。ですが、私どもも、二十二万両が四十万両になっても困ります。これは譲れぬところです。結局は太田様が御城中奥《なかおく》にてそのことを取り付けてくださるということで、一応お受けいたしました」

「旦那様、重ねてお訊きします。日光社参の道中、幕府の金の出し入れを町方で管理するということですか」

由蔵が念を押した。

「太田様方を助けてそうすることになりそうです」

「金子の出し入れは、町方に実権を持たされてようやく効果が上がるものです。お武家方にあれこれ言われては困ります。それを太田様方が吞《の》まれるかどうか」

「老分さん、二十何万両を四月の十三日の江戸出立《しゅったつ》から帰着の二十一日までの八日間に決済する役目です。大変ですが一文でも始末しなければ、後々私どもが尻《しり》拭《ぬぐ》いをさせられる羽目になります。ここは頑張るしかございますまい」

「はい」

と由蔵も応じるしかない。

「日光社参に同行して出納方の実際の総指揮を、老分さん、そなたが取ってくだされ」

「えっ」

と驚いて絶句した由蔵が、

「まさかそのお鉢が回ってくるとは」

と嘆いた。しばらく言葉を失っていた由蔵が、

「旦那様、私にはお武家方と丁々発止する気概は残っておりません」

と弱気な顔を見せ、なにかに気付いたように、
あっ
と声を上げた。

「旦那様、坂崎様が後見として同行なされるのですね」

吉右衛門が手にしていた盃《さかずき》の酒をゆっくりと飲み干し、

「大変とは思いますが、これもご奉公、お二人には苦労をしてもらいます」

と厳粛な語調で答えた。

「旦那様、坂崎様に同行していただけるとは、これ以上心強いことはございませぬ。ですが、坂崎様はお武家として同行なさるのか、それとも町人に身を窶《やつ》して同行なさるのか、どちらにございますな」

「太田様には正直に相談してございます。太田様も、浪々の者が両刀を差して社参の道中に加わるのはどうかと思案しておられましたが、こたびの社参を成功さ

せたくば是非お考えくださいませ、とお願いしておきました。この一件も、そのうち御城から返答がございましょう」

と説明した吉右衛門が、

「坂崎様、その心積もりでいてください」

と念を押した。

翌朝、宮戸川の裏庭では磐音たちがせっせと鰻割きを続けていた。もはや水が温《ぬる》み、この仕事もだいぶ楽になっていた。

磐音は黙々と鰻を割くことに専念しながら複雑な思いに苛《さいな》まれていた。

昨夜、今津屋吉右衛門から頼まれた仕事を思ってのことだ。

日光社参の裏方として随行する。豊後関前《ぶんごせきまえ》藩の元家臣だった坂崎磐音は、自らの有為転変の人生を不思議な思いで感じていた。

なんと十代将軍家治の日光社参を、実際に取り仕切る町方側の人間として参加するのだ。豊後関前藩の家臣として夢にも考えられないことだった。

だが、外様《とざま》大名の元家臣だった人物が幕府の威信をかけた行列の台所の一員として加わる、金銭の出納を担当する勘定方だけに、いろいろと面倒が予想された。

まだ社参同行が正式に決まったわけではない。

その時はその時だと磐音が肚《はら》を決めたとき、南町奉行所定廻り同心の木下一郎太が地蔵の竹蔵《たけぞう》親分を従えて入ってきた。

「そろそろ鰻割きも終わる刻限と思い、訪ねました」

「昨日の一件ですか」

手許の鰻を素早く始末した磐音が訊いた。

「坂崎さん、お迎えだ。そろそろ上がんなせえ」

と鉄五郎が声をかけ、

「木下様、親分さん、坂崎さんを御用で呼び出すんなら、朝餉《あさげ》だけは食べさせてあげてくださいな」

と頼んだ。

「ごもっともでござる」

一郎太が鹿爪《しかつめ》らしく返事をするのへ、苦笑いした磐音が、

「中でお待ちください。後片付けをして参ります」

と願った。

一郎太と竹蔵が庭から去ると、次平《じへい》が、

「旦那の背には貧乏神が張り付いてるぜ。なにかといっちゃあ、ただで旦那を使おうなんて、南町奉行所も太《ふて》え了見だ」

と磐音の気持ちを代弁してくれた。

「さよう、時に己を南町の者かと思うときがござる」

「ござるじゃねえぜ。旦那は人が好すぎるんだよ。偶《たま》にはがつんと言ってやらなくちゃ」

「次平爺さんよ、がつんって、どう言うんだい」

松吉《まつきち》が訊いた。

「だからさ、御用の時はよ、日当をいくらかくれとかさ」

「がつんってのは、そんなことか」

「松吉、鼻先で笑いやがったな。馬鹿にしやがって。なら、南町相手になんと言うんだよ」

「せめて日当は一分だな」

二人の会話を聞き流して後片付けを終えた磐音は、井戸端で丁寧に手のぬめりを洗い流した。いつもなら宮戸川の帰りに六間湯に立ち寄り、鰻の臭みを洗い流してさっぱりするのだが、どうもその余裕はなさそうだと、糠袋《ぬかぶくろ》で手先や指の間

を擦《こす》った。最後にきれいな水で顔を洗い、

「お先に失礼いたす」

と庭から宮戸川の帳場に行った。するとそこでは一郎太と竹蔵がお茶を飲んでいた。

磐音の朝餉の膳はすでに用意してあった。朝餉を食しながら一郎太の話を聞くことになった。

「立田川の寅太郎は、昨日のうちに大番屋にしょっ引きました」

「さすが木下どの、迅速にござるな」

「迅速もなにも、すでに坂崎さんがお膳立てした一件です。黒門町を訪ねて、坂崎さんに切り飛ばされた大たぶさをなんとか髪結いに格好つけさせていた野郎の体に縄を打っただけの話です」

「とりあえず、一件落着でよかった」

「それが一件落着じゃねえんで」

と竹蔵が言い出した。

「いえね、谷中日暮里界隈ではあの類の強請りが流行《はや》っているそうなんで。隠居所には年寄りや女が多うございましょ、それにどこも手元に小金を置いている。

そんな隠居所に押しかけて嫌がらせをしては金を強請るってやつだ。ところが金子を強請り取られた相手は弱みがあるのか、後が怖いのか、奉行所に届け出ないそうなんでさ。そこへ坂崎様が高嶋屋の隠居所の騒ぎに遭《あ》われた」

竹蔵が説明し、再び一郎太に代わった。

「立田川の寅太郎を番屋で厳しく締め上げたんですがね、高嶋屋の一件が初めてだというんですよ。流行りの強請りたかりを真似た、ほんとうに初めての仕事の場に鰻屋の用心棒なんぞが現れて、髷は切られるわ、挙句に番屋には、しょっ引かれるわ、散々だとぼやいてましてねえ、まんざら嘘とも思えない。そのことを笹塚《ささづか》様にご報告申し上げたら、谷中本村にある塩問屋赤穂屋《あこうや》茂兵衛《もへえ》の別宅を訪ねてみよとのお指図なんです」

「それはご苦労にございますな」

磐音が一郎太と竹蔵に言った。すると一郎太が、

「お気の毒とは思いますが、笹塚様のお指図です。高嶋屋の一件に関わった因縁もある、坂崎を同道せよ、と申されるのです」

「それがし、南町の同心ではございませぬ」

「はい。それもよう承知しておりやすが、船を待たせてございます」

と竹蔵が答え、話を最初から聞いていた鉄五郎がけらけらと笑った。

磐音は朝餉を味わう間もなく二人に同道することになった。


南町の御用船で、六間堀から竪川《たて》へ、さらに大川が戸田川と名を変える辺りまで遡上し、三河島村と小塚原《こづかっぱら》村を抜ける川へと船を入れた。さすがは町奉行所の御用船の船頭だ。この流れが日暮里まで行くことを承知していた。

今日も長閑な日和《ひより》で、両岸には萌え出た若草が風にそよいでいた。

「赤穂屋どのは多額な金子を強請り取られたのですか」

「最近のことです。笹塚様のもとに密偵から情報がもたらされたようです。私が聞かされたのは、当代の茂兵衛の弱みを因《もと》に隠宅に押しかけ、脅した者がいるという話だけです。赤穂屋ではそのことを極秘にしているようなんですが、下女が下谷の魚屋でぺろりと喋ったというわけです」

「谷中日暮里界隈でそのような騒ぎが頻発しているとは」

と言いながらも磐音は、高嶋屋の隠居もそのようなことを言っていたなと思い出していた。

「寅太郎からも聞いた話ですが、旦那然とした男がふらりと訪ねてきて、あれこれ店の弱みを持ち出して大金を脅しとっていく。それがなんとも巧妙なため、銭になると聞き込んで、間を置かず真似たというのです」

「立田川の寅太郎の手口とはだいぶ違うようですね」

「違います」

　幸吉とともに苦労して岡持ちを運んだ谷中日暮里の宗福寺近くまで御用船で到達した一郎太の一行は、その場に御用船を待たせ、谷中本村まで歩いていった。

　塩問屋赤穂屋の別宅は東叡山寛永寺のある忍ヶ岡を望む地にあって、凝った穂垣で囲まれた別宅だった。

　竹林が美しい別宅の門前で竹蔵が訪《おとな》いを告げ、なんとか座敷に通された。

　先代赤穂屋茂兵衛は隠居して楽翁《らくおう》を名乗っていたが、七十がらみの、茶人といった風采《ふうさい》の老人だった。

「南町のお歴々がわざわざ隠居所までお訪ねとはどういうことですかな」

「ご隠居、こちらを強請ろうとする者がおるということを小耳に挟《はさ》んでな、参ったのだ。奉行所としては聞き逃せぬことだからな」

「また、なんのことかと思えば、そのようないい加減な噂話《うわさ》を真に受けられましたか」

「茂兵衛、嘘と申すか」

と一郎太ががらりと語調を変えた。

「はい、全くのでたらめで」

「黙れ、茂兵衛！　南町が不確かな風聞で動くと思うてか。それほどまでに奉行所が信頼できぬというか」

「ははあっ」

一郎太の叱声《しっせい》が長閑な谷中本村に響いた。

宗匠然とした老人の顔色が変わった。

「申せ、すべて話すのだ。われらが命に替えても、そなたが陥った危難、取り除いてみせよう」

一郎太の真心を込めた物言いにさすがの茂兵衛もがくりと頭を下げて、

「赤穂屋の暖簾に関わる話にございます。その点を、どうかお含みおきください」

「さような心配はいらぬ」

忙《せわ》しげに瞬きした茂兵衛が両手で顔を覆い、気を落ち着けた。

「倅の茂兵衛は、父親の私が申すのもなんですが朴念仁《ぼくねんじん》で、さばけた男ではございません。その倅の道楽は、月に一度の休みをとって寺参りすることにございます。去年の秋に鮫洲《さめず》海晏寺《かいあんじ》へ寺参りを兼ねて、紅葉《もみじ》狩りに参ったそうです。ええ、寺巡りのときは倅ひとりで参ります。そこで若い女が疝気《せんき》に苦しんでいるのを助けたとか。それで親しくなったようで、女が店に礼に来たりして、時に外で会うようになったようです。倅に問い質《ただ》しますと、昨年の暮れにはなんと不忍池《しのばずのいけ》弁天島に突き出た出合茶屋に上がったそうでございます」

楽翁の体が急に萎《しぼ》んだように磐音には思えた。

「そんなことが二度、三度と繰り返され、女房しか知らぬ倅は若い女に夢中になって目が眩んだのでしょう、だいぶ店の金にも手をつけたようです。番頭が気付いて、相談に来ました。いくらなんでもそのうち目が覚めるだろうから、しばらく辛抱して、大金には手をつけさせないようにしてくだされ、と注意して帰しました。むろん倅を呼び、きつい小言を聞かせ、もう女とは会わぬと誓わせました。その矢先のこと、男がここに姿を見せたのです……」

どこから見ても大店《おおだな》の旦那然とした男は、麴町《こうじまち》の武具屋淡賀《たんが》佐井蔵《さいぞう》と名乗った。四十前後の年格好だった。言葉遣いも態度も大人しかったが、時折り光る眼光が鋭く、危険な感じを抱かせた。

「ご隠居、ご相談ごとがございましてな、伺いました」

「なんでございましょう」

「恥ずかしながら、私には歳《とし》が十八ほど離れた女房がおりましてね」

「ほう、羨《うらや》ましい」

「それが、こちらの倅どのに出合茶屋に連れ込まれて悪さをされたとか。今じゃしばしば会っているようなんでございますよ」

「うちの倅がですか。どなたかとお間違えではございませんか。当代の茂兵衛は至って野暮天でございましてな、茶屋に女を連れ込むなど掛け違っても縁がございませんよ」

番頭に聞かされていたことを思い出し、内心冷や汗をかきながらも否定した。

「ご隠居、なにも手ぶらでこちらに伺ったわけではないんでねえ。ほれ、このとおり、おまえ様の倅どのがうちの女房おねこに書き送った付け文の束がございますんで」

その一通を男は見せた。

楽翁はひと目で倅茂兵衛の手と分かった。

「……木下様、親分さん、倅は女に夢中になった挙句、口にするのも恥ずかしいような文言《もんごん》を書き付けて送っておりましたので。あのような文を店の界隈で撒《ま》かれでもしたら、うちの商売は塩屋、女相手の商いですから、潰《つぶ》れてしまいます」

「それが相手の手だ」

　と答えた一郎太が、

「で、相手はなんぞ要求をしたのか」

「付け文十二通をそれなりの値で譲りたい、それで他人の女房を好き放題にしたことは忘れる、と丁寧な口調で言いました」

「なにがしか払ったのか」

「その場で五十両を支払い、残りは後日受け取りに来るということで戻っていきました」

「近々、そやつがこの別宅に参るのだな」

「はい。下女が申すには、屋敷の外に気色の悪い浪人を一人だけ待たせていたそうでございます」

　と楽翁は怯《おび》えた顔をした。

四

木下一郎太と地蔵の竹蔵親分は日暮里の正覚寺の納屋を借り受け、見張り所を設けた。それは南町奉行所の知恵者、年番方与力《ねんばんかたよりき》笹塚孫一《まごいち》の指示に従い、淡賀佐井蔵と名乗った武具屋の主を待ち受けるためだ。

笹塚は坂崎磐音に対して、一郎太らに手を貸すよう命じ、宮戸川の鉄五郎親方には、

「御用ゆえ二、三日鰻割きの仕事を休ませる」

と断ってあると伝えてきた。

「それがし、笹塚様の支配下ではございませぬ」

と抗《あらが》った磐音だが、

「坂崎さん、因縁です。最後までお付き合いください」

「この悪党が連れている気色悪い剣客の一件もございますよ。わっしらを見捨てて深川にお帰りになるなんて、冷とうございますよ」

と一郎太と竹蔵に口々に言われて、日暮里に残ることになった。

一郎太は竹蔵や手先に指示を飛ばして、谷中日暮里界隈の寮や隠宅に淡賀佐井蔵が脅しをかけていないかどうか、丹念な探索を始めていた。

その結果、次の日には、若い女を使った美人局《つつもたせ》まがいの手口に金銭を支払った隠宅がすでに二軒、赤穂屋と同じく強請りの渦中にある別邸が他に二軒あることが判明した。

すでに金子を支払ったのは、鎌倉河岸裏の青物問屋八百八《やおはち》の隠居作太郎《さくたろう》と、日本橋呉服町の太物《ふともの》屋上州《じょうしゅう》屋の隠居彦左衛門《ひこざえもん》で、二軒合わせて三百二十両で、文を買い取らされていた。

「赤穂屋で麴町の武具屋の淡賀佐井蔵と名乗った男は、八百八の隠居には品川歩行《かち》新宿の料理茶屋磯浜《いそはま》の主竜吉《たつきち》と、上州屋では鉄砲洲《てっぽうず》の船問屋綱網《つなあみ》の専太郎《せんたろう》と名を変えておりました。ただ、どちらも口調が丁寧で、一見物分かりのいいお店の主を演じていたそうで、応対した二人の年寄りはそれがかえって怖かったと申しておりましたぜ」

と竹蔵が一郎太に報告した。

「となると、赤穂屋を含めて三軒、野郎が金子を集めに来るときが勝負か」

「へえっ」

と答えた竹蔵が頭を捻《ひね》り、

「その一軒の笠間《かさま》様は、代々御進物番とは申せ、この御役、御書院番衆からの出役《しゅつやく》でござんしょう。上様の身辺をお守りするはずの武官が野郎ひとりに脅されて、すでに三十両を払っておられるとは、呆れました」

「御進物番を長く務めるとひと財産できるというからな。御書院番の気概なんぞとっくに忘れていなさるのよ。笠間家はもう三代にわたっての御進物番だ。溜《た》め込んだ金子で済むことならと、幕臣にあるまじき道を選ばれたというわけだ」

赤穂屋と笠間家の他、もう一軒の隠宅には、竹蔵の手先たちが見張りに立っていた。

淡賀佐井蔵なる男が大胆なのは、これと狙った隠宅に日中しか訪れないことだ。それだけ谷中日暮里の隠宅の暮らしを承知しているともいえた。

五つ（午後八時）、正覚寺の庫裏《くり》から届いた里芋と昆布の煮付けなどを菜に、男たちは少々の酒を飲み、夕餉を摂《と》った。

夕餉の後、竹蔵が手先たちを連れてもうひと回り三軒の隠宅を見廻った。

そんな見張りが二日過ぎた三日目の夕刻、竹蔵が思わぬことを小耳に挟んできた。

谷中天王寺の門前町の料理屋に、淡賀佐井蔵と連れの剣客と思《おぼ》しき二人連れが上がったという。それも五、六日前のことだ。

この折り、酒を運んでいった仲居が、

「雑色様《ぞうしきさま》、神保小路の道場が懐《なつ》かしくはありませんか」

「懐かしさなどひとかけらもないわ。佐々木道場に恨《うら》みこそあれ、そんな感慨が湧《わ》くものか」

と二人の客が話す会話を覚えていた。それを竹蔵が聞き出してきたのだ。

「なんと、佐々木道場に関わりのある御仁ですか」

磐音は驚いて問い直した。

「わっしも、何度か問い直したのですが、仲居は、いや間違いないと言うのです」

「年格好はいかがか」

「五十前と仲居は推量しておりやした。顔は端整ながら、両眼の眼光が鈍く光り、頬が尖《とが》ったようにこけ、時に咳《せ》き込んでいたそうでさ。病にかかっているんじゃないかと言っておりやした。酒をいくら飲んでも顔色は青く透けるようだったとか」

「竹蔵、そやつらが天王寺前の料理屋に上がったのは初めてか」

磐音に代わり、一郎太が訊いた。

「はい、初めてだそうです。日が落ちた後といいやすから、赤穂屋などに掛け合いに行った日のことですかね」

しばし沈思した磐音は、

「明朝、佐々木道場を訪ねてみます。玲圓先生に、雑色某なる剣客に覚えがおありかどうか尋ねて参ります」

頷《うなず》いた一郎太が、

「佐井蔵らが顔を出すのは昼過ぎといいますから、久しぶりに道場で汗を流して、南町臨時勤めの鬱憤《うっぷん》を晴らしてきてください」

と勧めた。


翌早朝、磐音は日暮里の正覚寺の山門を出ると、上野の山を突っ切るようにして下谷広小路に抜け、神保小路の佐々木道場を訪ねた。

「おや、久しぶりだな」

と住み込み師範の本多《ほんだ》鐘四郎《かねしろう》が磐音を迎え、道場の掃除の後、早速二人は竹刀《しない》を交えて、半刻（一時間）余り休みなく動き回った。

一旦竹刀を引き合った磐音が手拭《てぬぐ》いで額の汗を拭《ふ》いて道場を見回すと、六、七十人の門弟たちがすでに集まっていることに気付かされた。

およそひと月後には日光社参がある。

幕臣も大名家の家臣も随行が予定され、その際の不測の事態に備えるべく、いつもより熱心に稽古《けいこ》をする姿だった。

この傾向は佐々木道場ばかりではなかった。江戸じゅうの道場が俄《にわ》か稽古に励む武家で混雑していた。

「磐音、参っておったか」

玲圓に声をかけられ、師匠の相手をし、さらには家治の御側衆速水左近《おそばしゅうはやみさこん》と竹刀を交えた磐音は、体の芯《しん》から汗を絞り切ったようで、爽快《そうかい》な気分で稽古を終えた。

「磐音、なんぞ話があるのではないか」

見所《けんぞ》から玲圓が声をかけてきた。そのかたわらには御小姓組の赤井主水正《あかいもんどのしょう》も座していた。磐音は赤井に会釈すると、師匠に答えた。

「ちとお尋ねしたき儀がございます」

「ならば奥に参れ」

磐音が井戸端で汗を流して稽古着から着替え、奥に行くと、速水と赤井、家治の側近二人が茶を喫していた。

「速水様も赤井様も当分道場には参られぬと言われるのでな、朝餉を食していかれることになった。そなたも同席せえ」

「有難うございます」

と答えた磐音は、

「速水様も赤井様も、上様の日光社参の仕度に追われておられるのですね」

「いかにもそのことよ」

と速水が返答した。

「本日は赤井どのがそなたに話があるそうじゃ」

「なんでございましょう」

赤井に磐音は視線を向けた。

「こたびの社参のご担当勘定奉行太田正房どのと、昨日顔を合わせた。それがしとは殿中の詰の間も近くでな、まあ、昵懇《じっこん》の付き合いじゃ。その折り、両替屋行司今津屋吉右衛門とそなたの名が出た。赤井どのは佐々木玲圓道場に親しく出入りされているようだが、坂崎磐音と申す門弟を承知か、と訊かれた」

磐音はただ頷いた。

「こたびの社参、幕府の懐具合が苦しいゆえ、町方に世話をかける。今津屋らは受ける代わりに出納方に商人を何人か入れる要望をなしたという。その中にそなたの名があった」

磐音はただ聞いていた。

「意見を求められたゆえ、正直に答えておいた。それは、そなたにとって迷惑千万なことやもしれぬ。坂崎どの、ない袖は振れぬ道理。今津屋ら商人の助けを借りねば上様の社参は立ちゆかぬ。そなたは商人ではないが、今津屋の縁、われらの誼《よしみ》もある。助けてもらいたい」

と赤井が頭を下げた。

慌てた磐音は平伏して、

「赤井様、どうかそのようなことはおやめください。それがし、一介の浪人者にございます」

「この浪人が厄介《やっかい》でな。城中の行事はすべて商人の金蔵に頼らねばならぬ御時世、われら武家の首ねっこをぐいと摑んでおる両替屋行司今津屋の後見がそなたじゃ。こたびの社参も、そなたが勘定奉行の後見の一人に座るそうな。老中どのの座より位が上ともいえる」

速水が苦笑いして言い出した。

「速水様、赤井様、そのお話、今津屋吉右衛門どのから聞きました。ですが、それがし、商人に非ず、また幕臣陪臣《ばいしん》に非ず。裏方とは申せ、幕府の大事な行事の末席を汚してよいものか迷うております」

と正直に答えた。

「坂崎どの、今津屋はそなたの同道が必須と申したそうな。われらは今津屋らの助けがなくば立ちゆかぬ。幸いなことに、それがしも赤井どのもそなたを承知しておる。幕府の命がどうであろうと黙って受けられよ。これは兄弟子の命でもある」

速水が宣告した。

「はあっ」

と困惑の表情を浮かべる磐音に玲圓が、

「磐音、これも修行の一つと思え」

と引導を渡すように言い、

「そなたの話はなにか」

と話題を変えた。

「先生、ご門弟衆の中で、雑色と申されるお方に覚えがございますか」

「なにっ、雑色と申したか。雑色右馬之介《うまのすけ》のことか」

玲圓と速水の顔色が変わっていた。

「名は存じませぬ」

「話してみよ」

磐音はこれまでの経緯を告げた。

「雑色という名は珍しゅうございます。客商売の仲居が聞き間違えたとは思いませぬが、確かなことではございませぬ」

「いや、風貌《ふうぼう》、年格好からして雑色右馬之介に間違いあるまい」

と玲圓が応じ、

「速水様、雑色がわが道場を引っ掻《か》き回して立ち去ったのは、二十年以上も前にございましたかな」

「いかにも宝暦《ほうれき》五、六年（一七五五、五六）、九代家重様の御世であったな」

と二人が言い合った。

「磐音、三代続く佐々木道場の数ある門弟の中で屈指の腕前の一人が雑色右馬之介であったわ。雑色は旗本都築兵衛《つづきひょうえ》様の家来でな、うちには十七、八から通っていたと思う。なにしろ天才肌の剣客で、若き日のそれがしや速水様では太刀打《たちう》ちできなかった」

速水が玲圓の言葉に頷いた。

「剣の腕はさように抜群であった。顔も端整でな、白面の貴公子と言えなくもない。だが、旗本六百石の下士では出世の望みはない。それに絶望したか、二十三、四になった雑色は門弟仲間の屋敷に出入りし、見目のよいことを利用して妹やら内儀やらと懇《ねんご》ろになり、金子などを無心しておったそうな。それが発覚して道場じゅうが大騒ぎになった。発覚を察した雑色は都築家の女中を連れて、江戸から逐電した。それを都築様とそれがしの父上が必死に奔走して、内々に事を鎮めたのだ」

「なんということが」

「悪夢だぞ、坂崎どの。雑色に従った奥女中は六郷川で身投げしているところを見つかったのであったな、玲圓どの」

「足手まといと見捨てられた末に、川に身を投げたと推測された。あれから茫々《ぼうぼう》二十年が過ぎ、今度は美人局の用心棒か」

玲圓と速水が改めて顔を見合わせた。そこへ朝餉の膳が運ばれてきた。

磐音が日暮里の正覚寺に戻ったとき、見張り所にはだれの姿もなかった。

刻限は九つ（正午）を回っていた。

見廻りならばそのうちだれかが戻ってこようと考え、見張り所で待つことにした。

磐音は納屋の板の間に切り込まれた囲炉裏《いろり》の火を掻き立てた。残っていた埋火《うずみび》に新しい粗朶《そだ》をくべた。

半刻（一時間）も過ぎたか、見張り所の納屋の戸口に小柄な影が立った。

「そなた一人か」

南町奉行所の与力同心百五十余人を率いる年番方与力笹塚孫一だ。

「木下どのらは見廻りに行かれているように思います」

外に供の小者《こもの》を待たせた笹塚がずかずかと囲炉裏端に上がり込んできた。

磐音は佐々木道場で知りえた雑色右馬之介の話を告げた。

「雑色なる者は、なんとそのような騒ぎを起こして江戸を立ち去っていたか。この二十年、どこでどうして生きて参ったかのう」

笹塚が雑色の来し方に思いを致したように考え込んだ。

二人は囲炉裏の火を見詰めながら半刻ほど一郎太らの帰りを待った。だが、戻ってくる様子はない。笹塚が、

「いつまでもこうしてもおられぬ。坂崎、赤穂屋の隠宅を外から眺めて数寄屋《すきや》橋に戻る」

と言い出した。

笹塚は南町の知恵袋だ、その身辺は多忙を極めていた。その笹塚が遠出してきたには、それなりの事情があってのことだ。

自称武具屋の淡賀佐井蔵に金の匂《にお》いを嗅《か》ぎつけてのことだろう。

笹塚孫一は悪人一味を捕縛《ほばく》したとき、盗み溜め込んだ金子の一部を奉行所の探索の費用に流用して当てていた。幕府の財政は逼迫《ひっぱく》して奉行所には十分な探索費も与えられなかったのだ。

この行為は南町奉行牧野大隅守成賢《まきのおおすみのかみせいげん》も黙認の行為で、それは笹塚がびた一文として私用に流用していないことを承知していたからだ。

磐音は赤穂屋まで笹塚に同道することにした。

昼下がり、谷中一帯に今日も長閑な陽射《ひざ》しが降り注いでいた。

「坂崎、時に町の雑踏を外れて田園に憩うのもよいな」

「それがし、これがお役目ではございませぬ」

「言うな」

と答えた笹塚は、

「この一件、なんとのう金子の臭《にお》いがいたす。南町の探索費は益々削られる一方でな」

とぼやいた。

畑地を縫《ぬ》う野良道が雑木林にぶつかり、雑木林を回り込んだところに赤穂屋の凝った造りの隠宅があった。

野良道が交差する辻になった。

一本の枝垂れ桜が朧な紅色の花を咲かせて、辻に花びらをはらはらと落としていた。

大きな百姓家の生垣の向こうから、駕籠を従えた二人の男が歩いてきた。

なんと淡賀佐井蔵と雑色右馬之介の二人だ。

だが、佐井蔵も雑色も、挟箱《はさみばこ》を担いだ小者を従えた町奉行所与力を見ても平然と頭を下げて行き過ぎようとした。

「待て、淡賀佐井蔵、調べの筋がある」

淡賀佐井蔵は慌てる様子もなく五尺そこそこの笹塚を見下ろした。

「どなた様にございますな」

「南町奉行所年番方与力笹塚孫一である」

「知恵者与力様自ら御用聞きの真似をなさるので」

「佐井蔵、そなたらの行状、すでに調べがついておる。美人局を南町が見逃すと思うてか」

駕籠の簾《すだれ》が上がり、白い顔が覗いた。

歳の頃、二十二、三か。愛くるしく、双眸《め》が男を捉《とら》えて離さぬ妖《あや》しげな魅惑を湛《たた》えていた。

「そなたが男を騙《だま》す役か」

「あんたはんはどなただす」

と女が笹塚に問いかけた。

京訛《なま》りのはんなりとした物言いだ。

「その口に、江戸の男どもが骨抜きにされたか」

笹塚がぼやいた。

「ちぇっ、今宵《こよい》限りで江戸をおさらばしようと思ったら、南町の厄介与力がしゃしゃり出てきやがったぜ」

佐井蔵が呟き、

「雑色様、ちょいと手順が狂いやした。こやつらを始末した足で逐電いたしましょうかな」

と黒絹の着流し、黒漆《くろうるし》大小拵《こしら》えを腰に差し落とした雑色右馬之介に言い出した。

雑色は透き通った細面に一文字《いちもんじ》笠《がさ》を被《かぶ》り、黒文字《くろもじ》の楊枝《ようじ》を口の端に咥《くわ》えていた。

右手は袖の中に入れられたままだ。

その雑色が笹塚の前に出てきた。

「雑色右馬之介様、お相手いたそう」

磐音が笹塚の前へ出た。

じろり

と虚無を湛えた雑色の無表情の顔が磐音を見た。

「そなた様とは神保小路の佐々木道場で竹刀を交えたことはございませぬ。それがしが入門した折りには、雑色様ははるか昔に江戸を離れておられましたゆえ」

「おまえさんも佐々木道場の門弟かえ」

佐井蔵が雑色に代わって驚きの声で問うた。

「さよう、雑色様の同門の弟子ということになりますか」

「名は」

と雑色が口を開いた。

「坂崎磐音と申す」

「そなたが坂崎か」

雑色右馬之介は磐音の名を承知の様子で呟いた。

「おもしろいことになった」

雑色の注意は磐音一人に向けられた。

谷中の野良道の辻で、佐々木道場の門弟二人が剣を交えることになった。

磐音は咄嗟《とっさ》に生きるか死ぬかの戦いと悟った。それほど、剣客雑色が痩身《そうしん》から醸し出す剣気は険しくも危険に満ちていた。

間合いは一間半。

磐音は備前包平《びぜんかねひら》二尺七寸（八十二センチ）を静かに抜いた。

雑色は定寸《じょうすん》と思える剣の柄《つか》を握るどころか、袖から手を出そうともしなかった。

磐音は正眼《せいがん》に構えた。

時代を違えたとはいえ同じ佐々木道場で稽古を積んだ弟子同士が、静かに睨《にら》み合った。

雑色の両眼が、
すうっ
と細められ、透き通った白い肌が赤く染まった。

袖の中の手が出された。

その瞬間、口の端に咥えられていた黒文字が一直線に虚空を切り裂き、磐音の面体に向かって飛んできた。

正眼の包平が黒文字を弾くように両断し、雑色が間合いを鋭く詰めてきた。

刀が鞘走った。

辻に殺気が漲り、枝垂れ桜からはらはらと花びらが散った。

すすすっ
と磐音が一歩二歩と下がり、間合いを変えたのは、その直後だ。

雑色の踏み込みが狂った。

刃風が磐音の眼前を鋭く落ちた。

今度は磐音が踏み込んだ。

雑色の剣が足元で渦を巻いて反転し、伸び上がってきた。
迅速の太刀捌《さば》きだ。
だが、磐音は存分に踏み込みつつ、正眼の剣を雑色右馬之介の眉間《みけん》に落としていた。
一文字笠が斬り割られ、眉間から血が噴いた。
雑色の痩身が包平を受け止めて立ち竦んでいたが、
ゆらり
とひと揺れして足をよろめかせ、その場に腰が砕けるように倒れ込んだ。
戦いの辻に足音が響いた。
見廻りに出ていた木下一郎太や地蔵の竹蔵親分が、気配を察して走り込んできたのだ。
磐音は包平に血振りをくれながら淡賀佐井蔵を見た。
「おねこ、どうやら年貢の納め時だ。神妙にしようか」
佐井蔵がさばさばとした声を駕籠の女にかけ、おねこと呼ばれた女が、
ひえっ
という悲鳴を上げた。

戦いの推移を見詰めていた枝垂れ桜の花びらの一片が落ちて、痩《や》せた雑色の黒絹の背にはらりと止まった。だが、稀代の剣客はもはや動こうともしなかった。

第二章　おそめの危難

一

磐音はせっせと宮戸川に通い、鰻割きを熱心に続けていた。日暮里の御用で何日も休んだうえ、日光社参に行くとなると、また江戸を留守にすることになるからだ。

そんな磐音の気持ちを察したか、どこからも誘いがなくのんびりとした日が何日か続いた。

この日も井戸端では磐音、次平、松吉の三人が割き台を並べて、仕事を黙々とこなしていた。

宮戸川の蒲焼は、

「深川名物宮戸川」

と称されるようになり、日を追って評判を高くしていた。それだけに割く鰻も数を増していた。

風もない日和で、どこからともなく桜の花びらがひらひらと磐音たちの仕事場へ舞い落ちてきた。すると小僧の幸吉が、

「坂崎様、南町奉行所定廻り同心木下一郎太様と地蔵の親分がお見えにございます」

と知らせてきた。松吉が、

「小僧、熱でも出たか。えれえ丁寧な言葉遣いでよ、大奥の御女中でも務められるぜ」

「松吉さん、深川の小僧が大奥に勤められるものか。大人のくせになんにも知らねえんだから弱っちまうぜ」

とつい普段の言葉遣いに戻し、後ろに立っていた鉄五郎親方にぱちりと頭を叩かれた。

「すぐそれだ、地が出ちまう。なんとかその口先が直らないもんか」

「親方が後ろにいると思うと、つい言わなくていいことまで滑らせちまうんです

よ」

「口の悪いのはこの鉄五郎のせいか」

親方と小僧が掛け合う中、木下一郎太と竹蔵が裏庭に姿を見せた。

「本日は御用ではございません」

一郎太がまずそう言って切り株に腰を下ろした。それほど庭に射《さ》し込む陽射しは長閑だった。竹蔵は笑みを浮かべて一郎太の後ろに控えた。

「谷中日暮里の騒ぎの報告にございます」

「それはご丁寧に」

「淡賀佐井蔵ですがね、今から二十五年も前に通町と本船町の地引河岸《じびきがし》に海苔《のり》問屋を構えていた浅草川《あさくさがわ》の次男佐井蔵にございました」

その言葉に反応したのは親方の鉄五郎だ。

「なんですって、浅草川の次男が美人局《つつもたせ》を仕組むほどに落ちぶれてしまいましたかえ。一時は羽振りのいい海苔問屋だったが、旦那が女に狂って店を潰したんじゃなかったかねえ」

「親方がその程度の記憶だ。浅草川の威勢は笹塚孫一様もあまり承知されていない。うちの先代時分の話です」

と前置きした一郎太が、

「親方が覚えているとおり、江戸の海苔は浅草川といわれるほど売れに売れた海苔問屋らしい。だが、旦那の保右衛門《やすえもん》が出店を通町に出すわ、根岸に隠宅を構えて妾を囲うわ、派手にやっていたのを悪い輩《やから》に目をつけられた。美人局まがいに馴染《なじ》みになった女が御家人の若女房ということで、通町にも地引河岸にも刺青者《いれずみ》が出入りするようになって店が潰れたそうです。例繰方《れいくりかた》の逸見五郎蔵《いつみごろぞう》様が古い記憶を辿《たど》り、文書蔵から書き付けを引き出してきて分かったことです」

と一気に喋り、一息ついた。

「佐井蔵は十七、八で店の盛衰を見聞きしてきたんですよ。一家がちりぢりになり、佐井蔵は上方に逃れて、武具屋や錺《かざり》職人の親方に弟子入りしたり、呉服屋に奉公したりしたそうですが、どれも長続きせず、身を持ち崩して遊び人の仲間に入った。よほど才気と度胸があったんでしょう、大坂でも一端《いっぱし》の一家を構える出世をしたそうです。だが、利を尊ぶ上方の気風が合わず、仲間との諍《いさか》いもあって、二年ほど前に一家を畳むことになった。京生まれの若い女房のおねこを連れて、東海道の賭場《とば》で稼ぎながら、下ってきている道中、駿府《すんぷ》の府中《ふちゅう》宿で雑色右馬之介と知り合ったと言ってます。久しぶりに江戸に戻りついた佐井蔵が若い女房を夕ネに考えたのが、谷中日暮里に別宅を構える大店《おおだな》の旦那を籠絡《ろうらく》する手です。こういう大店は実権を隠居が握っていることが多い。そのことを江戸育ちの佐井蔵はとくと承知していたのです。そこで当代の醜聞をタネに隠居に掛け合って手早く金を出させることを考えた。昨今は金で済むことなら、お上に届けず黙っていようという風潮が、豪商、分限者《ぶげんしゃ》の間にはびこってますからね。そいつを佐井蔵は身をもって承知していたというわけです」

一郎太が説明し、竹蔵が、

「坂崎様、赤穂屋らを最後の大仕事にして再び江戸を離れるつもりの淡賀佐井蔵は、なんと根岸の隠れ家に千数百両も隠し込んでいやしたぜ」

「どなたかの満面の笑みが浮かびます」

「はい、笹塚様が大喜びにございますよ。なんたって大半の強請《ゆす》りが届けのないものばかりです。結局は幕府の勘定方に入ることになるんですがね」

「その前に南町の探索費の一部にも組み込まれますか」

「そんなところです。笹塚様は、年番方与力直々《じきじき》に出張《でば》った成果だと胸を張っておられます」

一郎太が苦笑いし、

「雑色との一騎打ちに冷や汗をかかされたのは坂崎さん、だがご当人は谷中の辻に立っておられただけですがねえ」

と言い足した。

「それでも坂崎さんのことは気にしておいでです。すべて調べが決着した暁には坂崎に礼をせねばならぬと言うておられました」

「佐井蔵と若い女房はどうなります」

夫婦で組んで美人局というおぞましい稼ぎを考え出した佐井蔵だが、往生際の潔かった気風に、磐音はどことなく惹《ひ》かれていた。それに若い女房は佐井蔵の言いなりになっただけだろうと考えてもいた。

「同情すべき点もなくはないが、なにしろ女房をタネに美人局を繰り返し、千数百両の荒稼ぎです。獄門台か遠島か、微妙なところですね。佐井蔵は、江戸も知らないおねこはおれの言いなりになっただけ、お慈悲をと番屋で願ってます。笹塚様の腹積もりは江戸払いではないでしょうか」

「淡賀佐井蔵なんて忍《しのび》のような名はどこから出たんですかね」

と鉄五郎がそのことに関心を寄せた。

「大坂で奉公した武具屋が、淡賀という屋号だったそうです。佐井蔵は、武具屋が一番性に合っていたと懐かしがっていましたよ」

「尻を途中で割るから半端な野郎になる。いいか、幸吉、しっかりと五体に仕事を叩き込め」

と鉄五郎が幸吉に言い聞かせ、

「あら、親方の矛先がこっちに回ってきたよ」

と小僧が首を竦《すく》めた。


六間湯には白髪《しらが》頭が浮いていた。どてらの金兵衛《きんべえ》が朝湯に入る姿だ。

「大家どのが朝湯に浸《つ》かっておられるところを見ると、深川界隈はこともなし、平穏無事ですな」

石榴口《ざくろぐち》を潜った磐音が問うた。

「さよう、騒ぎはございません」

と答えて両手で湯を掬い、顔を洗った金兵衛が、

「だが、わが家はちと賑やかになりますよ」

「おや、何事です」

「いつか坂崎さんにはお話ししましたな。おこんの見合いが近々本決まりになり

ます」

磐音の胸が騒いだ。

「新川の酒問屋の跡取りでしたか」

「さよう。下り酒を扱う酒問屋でも名代《なだい》の伏見屋《ふしみ》でしてな、相手にとって不足はございません。もっとも、相手方がうちを不足と言われるかもしれないが」

亀島川の支流に当たる新川は、近ごろ日本橋川と呼ばれるようになった川の南に並行して走る運河である。

大川に近く、荷足舟《にたり》を乗り入れることのできる運河の川幅は六間から九間、長さ五丁二十四間、一ノ橋、二ノ橋、三ノ橋の架《か》かる北側は北新河岸、南岸は南新河岸と称され、この両岸に下り酒を扱う問屋が雲集していた。

「相手は嫡男《ちゃくなん》でしてな、これまで縁がなかったとか。歳は二十八。まあ、こっちも中年増だ。年格好は似合いでしょう。相手の銀之助《ぎんのすけ》さんはおこんを何度か見かけたことがあるとか。まあ、一目惚《ぼ》れってやつですかな」

上気したように金兵衛はよく喋った。

「おこんさんは相手を承知ですか」

「承知もなにも、見合いそのものを知りません」

「なんと」

磐音は、鎌倉での今津屋吉右衛門の再婚話も当人には内緒で進められたことに思いを致しながら、おこんがどう反応するか気にかかった。

「おこんに言うと、なにやかやと理由をつけて戻ってこないんでね。だから死んだばあさんの法事に託《かこつ》けて、見合いの場所に呼び寄せる算段です」

と話した金兵衛が、

「坂崎さん、くれぐれもおこんには内緒にしてくださいよ」

と釘《くぎ》を刺すと、

「見合いの日取りは三日後です。そんなわけでいろいろと忙しゅうてな。お先に失礼しますよ」

と湯から上がっていった。

磐音の胸に一陣の空《うつ》ろな風が吹き抜けた。

立ち騒ぐ心を鎮めるように磐音はじっと湯に浸かっていた。

致し方ないことだ、と考えた磐音だったが、

(おこんさんがいない今津屋は寂しかろうな)

と思った。

そんな気持ちを振り払うように湯から上がった。

六間堀に架かる猿子橋まで戻ってくると、橋の上に乗り物を従えた織田《おだ》桜子《さくらこ》がいた。かたわらにはひっそりと女中と若党が控えていた。

深川の堀に架かる橋に桜子が佇《たたず》む姿は一幅の絵、なんとも初々しかった。

「桜子様」

桜子は因幡鳥取《いなばとっとり》藩三十二万石池田《いけだ》家の重臣、寄合《よりあい》職織田宇多右衛門《うたえもん》の息女だ。

最初に深川に姿を見せたときは仰々しく行列を組んでいた。だが、本日は地味な供揃《ともぞろ》いだった。

「お久しゅうございます、坂崎様」

「桜子様、桂川《かつらがわ》屋敷での梅見以来ですね。どうなされました」

「坂崎様にお断りしておくことがございまして参じました」

「なんでしょう」

と言いながら、裏長屋に上げるわけにはいかぬと思った。

「桜子様、歩きながらの話でようございますか」

「はい」

この日の桜子はえらく素直だった。

桜子は供の者にあとから来るよう命じ、磐音と肩を並べた。

磐音は普段着に、濡《ぬ》れ手拭いを下げていた。

桜子は春めいた打掛け姿で、初々しいお姫様という風情だ。

どうみても不釣合いの二人の姿に、往来する人々がびっくりして振り返った。

「お姫様と浪人者の道行《みちゆき》かえ」

「真っ昼間から道行もあるもんか。屋敷を逃げ出した兄上を妹が迎えに来た図だよ」

と勝手なことを話しながら行き過ぎた。

磐音は人の往来が少ない御籾蔵《おもみぐら》の道を抜けて、大川端へと歩を進めた。

「坂崎様、これから桜子は桂川様のお屋敷に招かれて参ります」

「桂川さんはお元気ですか」

桂川甫周国瑞《ほしゆうくにあきら》は蘭学者《らんがくしや》にして幕府の御典医であった。また高名な桂川家の四代目は十八大通《じゆうはちだいつう》という遊び人の顔も持っていた。だが、本業の阿蘭陀《オランダ》医学を学んだ外科医としての腕前は、

「天性穎敏《えいびん》、逸群の才」

と世評高い人物でもあった。

磐音は国瑞の先輩に当たる中川淳庵《なかがわじゅんあん》を通して国瑞と知己になっていた。そして、過日、桂川の麻布《あざぶ》の別邸に淳庵、磐音、そして、桜子の三人が招かれ、梅見の宴を催していた。

「お元気とお見受けいたしますが、近々阿蘭陀商館長《カピタン》のご一行の江戸入りと日光社参の仕度が重なり、寝る間もない忙しさと伺いました」

「そうであろうな」

国瑞と淳庵らは、杉田玄白《すぎたげんぱく》、前野良沢《まえのりょうたく》らと『解体新書《ターヘル・アナトミア》』を翻訳したばかりで、阿蘭陀商館長のフェイトに随行してくる、医師にして植物学者のツュンベリーの上府《じょうふ》を心待ちにしていた。

日本の医学は南蛮《なんばん》のそれに比べて立ち遅れていた。国瑞たちはなんとしても医学や科学の遅れを取り戻さんと必死の努力を続けていた。

「桂川さんは日光社参にも同行なさるのであろうか」

「そのように伺っております」

桜子は国瑞の近況に詳しかった。

「その前に、桂川様のお気を煩《わずら》わすことがおありのようでございます」

「なんであろうな」

「桂川様は阿蘭陀商館長ご一行のご対面を前に、医師ツュンベリーというお方を城中にお連れなされるとか」

磐音は不安になった。

将軍家の侍医には漢方医と阿蘭陀医の二派があって、これまでも暗闘を繰り返してきた。

幕府は元々漢方医が主流であった。その座を奪われるとの危機感を持つ漢方医の意を汲《く》んだ連中が、淳庵や国瑞らを襲う変事が頻発していた。

「城中でどなたか病に臥《ふ》せっておられるのか」

「極秘のことながら、種姫《たねひめ》様が重い麻疹《はしか》にかかっておられるようだと父が申しました」

将軍家治は田安宗武《たやすむねたけ》の娘の種姫を養女として迎えていた。その種姫が麻疹にかかっているという。

安永五年（一七七六）春先から、人口の集中した江戸に風邪と麻疹が蔓延《まんえん》していた。

「桂川さんはお体がいくつあっても足りぬな」

「そのことにございます」

と桜子が言った。

「桂川様はしばしば桜子に文を寄越され、梅見の宴はなんとも楽しかったと繰り返し書いてこられます。そのことが、ただ今のご心痛、ご多忙を表しているようでお気の毒にございます」

「桜子様、それで桜子様は桂川さんを慰めに参られようとしておられるのですか」

「桜子は迷うております」

「なにを迷うておられます」

桜子はしばし沈黙したまま答えなかった。

御籾蔵の道が終わり、河岸道の先に大川の流れが光って見えた。

「坂崎様、ようございますのか」

桜子の遠回しな問いに込められた思いを、十分に磐音は察していた。

「桜子様、桂川さんは当代有数の蘭学者にして上様の覚えめでたき人物です。桜子様、あれほどの人物はそうそうにおられませぬ」

「坂崎様」

桜子の押し殺した声が悲鳴のように響き、

「桜子は、職掌や身分に左右されたくはございませぬ」

と言い切った。

「それはお考え違いですぞ。桂川さんは無限の力を秘められたお方です。猖獗《しょうけつ》を極める麻疹を治すことは漢方医では無理にございましょう。だが、桂川さんや中川さんならば、多くの病人を救うこともできます。これは武士でも商人《あきんど》でも駄目なことです」

磐音は、言葉にすればするほど己の気持ちから遠のいていくことを承知していた。だが、そう言わざるをえなかった。

「坂崎様、桜子が桂川国瑞様とお付き合いしてよろしいのですね」

足を止めた桜子が磐音の顔を正視して訊いた。

「桜子様と桂川さんならばお似合いにございます」

桜子の顔が悲しみに曇った。なにか言いかけ、言葉を呑み込んだ。そして、桜子はその一言にすべてを込めて吐いた。

「坂崎様、さらばにございます」

「桜子様、お幸せに」

桜子が乗り物を呼び、駕籠の人になった。

引き戸が引かれる前、どこかさばさばした桜子が言った。

「奈緒様はお幸せなお方にございます」

乗り物が大川の河岸道を新大橋へと去っていった。

磐音は去りゆく桜子をいつまでも見送っていた。四半刻（三十分）ほど大川端に佇んでいた磐音は、

（この次に会うのは別の桜子様であるぞ）

と心に言い聞かせながら金兵衛長屋に帰っていった。

二

磐音は連日、稽古に一心不乱黙々と汗を流していた。いつもの飄々《ひょうひょう》とした、磐音らしさが消えていた。

師匠の佐々木玲圓も住み込み師範の本多鐘四郎らも気付いていたが、そのことを問うようなことはしなかった。鐘四郎は、

（いつもと様子が違うぞ）

と五体から醸し出される孤愁の翳りを訝《いぶか》しく思っていた。

稽古で汗を流し合う兄弟弟子たちは、磐音がいつもの磐音に戻ることを念じながら黙って相手を務めてくれた。

磐音は胸中にもやもやとわだかまる因《もと》を承知していた。

おこんが見合いをすると聞き、桜子が桂川国瑞と付き合うことを宣したからだった。二人が新しい地平に進むことを磐音は、

(幸せに)

と念じつつも、やるせない寂しさと孤独感を味わっていた。

(それがしには奈緒がおる)

と思い込もうとすればするほど奈緒の面影は薄れて、おぼろな陰影しか浮かんでこなかった。

(奈緒の幸せを陰から見守る)

ことを覚悟した坂崎磐音ではなかったか。

(情けないぞ、坂崎磐音)

と己を叱咤《しった》したが胸のわだかまりは消えなかった。

そんな鬱々とした日が何日か続いた。

その朝も宮戸川から佐々木道場に直行した。

稽古着に着替えて道場に出てみると、七、八十人の門弟たちが打ち込み稽古に励んでいた。だれ一人として壁際に立っている弟子はいなかった。

そんな磐音に師匠の玲圓が、

「坂崎、相手をいたせ」

「お願いいたします」

玲圓は磐音と竹刀を構え合った瞬間、磐音の心の迷いに警鐘を鳴らすように真正面から面を打った。

磐音が思わず立ち竦んでくらくらするような打撃だった。

「どうした、磐音」

「はっ」

その日の玲圓の竹刀捌きは後々道場で、

「全身からめらめらと焔《ほのお》が立った」

と語り草になったほどの激しさだった。

磐音を道場の床に何度も這《は》わせ、立ち上がるところを容赦《ようしゃ》なく叩きのめした。

そんな稽古が一刻《いっとき》（二時間）ほど続き、道場には鬼気迫るものが漂った。

門弟たちは自分の稽古をしながらも、師匠と磐音の打ち込みを眺めていた。見ざるをえないほど激しくも壮絶なものだった。

磐音が半ば意識を失いかけ、それでも立ち上がろうとしたとき、ようやく玲圓が、

「これまで」

と稽古をやめた。

磐音は思い出していた。

佐々木道場に入門した明和《めいわ》六年（一七六九）秋、初めての江戸ということもあり、磐音の気持ちが浮ついていた。それを察した玲圓が、

「百回昏倒《こんとう》三刻稽古」

と当時の先輩門弟衆に表現された壮絶極まる稽古をつけたことがあった。文字どおり百回意識をなくし、稽古は三刻続いた。そのとき以来の玲圓の猛稽古であった。

磐音はなんとか正座して師に礼を述べ、道場の板壁に下がったが、意識は朦朧《もうろう》としていた。だが、全身を厳しく叩かれた痛みはかえって爽快《そうかい》感すら抱かせていた。

（それがしには剣の道があった）

その考えであった。

「坂崎、また先生にぼろぼろにされたな、七年ぶりの猛稽古か」

「師範、それがしの散漫な暮らしぶりを見抜かれた先生が竹刀を使ってのご指摘でございました」

「玲圓先生の『百回昏倒三刻稽古』、いや、本日は一刻稽古であったがな、この指導に耐えられる門弟はそなたしかおらぬ。辰平《たつぺい》や利次郎《としじろう》ら若い門弟らは、直心影流の本気の指導に接して言葉もなくし縮み上がっていたわ。まあ、よき刺激になったということよ」

鐘四郎が冷水で固く絞った手拭いを差し出した。

「師範、ありがとうございます」

磐音は鐘四郎の好意の手拭いで額から流れ落ちる汗を拭《ぬぐ》った。

「先生があれほど真剣に竹刀を振るわれるのはそなた、坂崎磐音だけだからな。それにしても物凄《ものすご》いものであったわ」

「それがしの浮ついた稽古ぶりを教え諭《さと》してくださったのです」

磐音は朝稽古の後、奥に呼ばれた。

「お稽古、有難うございました」

磬音は改めて礼を述べた。

その朝、奥座敷には玲圓ひとりしかいなかった。

その師自らが茶を淹《い》れて、磬音に差し出した。

「恐縮にございます」

師と弟子は黙って一碗《わん》の茶に向かい合った。

雑念はなかった。ただ体の要求のままに茶を喫することに没入した。

「茶が甘く感じられます。なぜにございましょう」

「不思議なものよ。毎朝点《た》てる茶の手順は同じであるにもかかわらず、味が微妙に違う。未熟な茶の点て方にあるのか、わが舌先の味覚にあるのか」

玲圓が答え、しばし二人は茶を喫することに専念した。

一碗を喫する間は永久の刻限のように流れた。

「磬音、己の心の赴くままに生きることも時に肝要じゃぞ。そなたは他人には優しい、寛容に過ぎる。だが一方で己の感情を粗末にしておる。そなたは自然体でそれをこなしていると思うているようだが、どこかに無理がかかっておる。その我慢が時に乱れて、周りまでを苦しゅうする」

玲圓の言葉に磐音は改めて頭を、

がつん

と殴られたような衝撃を受け、その場に平伏した。

「磐音、寂しければ大声で泣け。哀《かな》しければ我を忘れて狂え。怒りたければ叫べ。それも人間じゃぞ。我慢ばかりしておると、器が時に小さくなる、卑屈にもなる。そなたに一番似合わぬことよ」

「師匠」

磐音は畳に顔を擦《こす》り付けたまま動かなかった、動けなかった。

「磐音、そなたらしい気の遣い方であるとは思う。だがな、物事をそう相手任せでは己が辛《つら》くなるでな、心を自在に広げて素直になることも大切じゃぞ」

玲圓の言葉は優しく響いた。

翌日、宮戸川での鰻割きを終えた磐音に幸吉が近寄り、

「浪人さん、今日も道場に行くのか」

と訊いた。

「なんぞ用かな」

「おそめちゃんが浪人さんに相談したいんだと」

「それがしでよければいつでもよいぞ」

「親方に暇を貰《もら》ったんだ。あとで、おそめちゃんを長屋に連れていくからさ」

幸吉がほっとした顔をした。

磐音はいつものように宮戸川で朝餉を馳走《ちそう》になり、その足で六間湯に向かった。たっぷりとした湯の中で手足を伸ばし、無心に五体を湯に預けていた。のぼせるくらいに湯に浸かった磐音は、上がり湯代わりに冷水を被って身を引き締めた。

湯屋の前には幸吉とおそめが待ち受けていた。

「坂崎様、申し訳ありません。あたしのために時間《とき》を割いてもらって」

裏長屋育ちの割には丁寧な言葉遣いのおそめが詫《わ》びた。働きに出る母親に代わり、幼いときから二人の弟妹の面倒を見てきたせいだ。

「なんのことがあろうか」

磐音は二人をどこへ誘ったものかと思案した。

「浪人さん、泉養寺の本堂に行かないかい。今時分なら階段に陽《ひ》が当たっているあ」

幸吉の発案に、奉公する前の幸吉や仲間たちがなにかあれば集まった六間堀の

裏手にある泉養寺に三人は向かった。すると南六間堀町に入った路地の向こうから、

「たまごたまご、茹《ゆ》でたまごにござい」

竹籠《たけかご》に茹でた卵を盛り上げた卵売りがやってきた。

大店の若旦那が身を持ち崩してたまご売りになったような、頭には豆絞りの手拭いで吉原被り、縦縞《たてじま》の袷《あわせ》と粋だったが、だいぶ草臥《くたび》れていた。

「たまごをくれぬか」

「へえっ、いくつにございますな」

「三つ貰おう」

「浪人さん」

幸吉が驚いたような、嬉《うれ》しいような声を上げた。磐音は濡れ手拭いにたまごを包んでもらい、銭を払った。

泉養寺には横門から入り、三人は本堂に回った。

幸吉が言うとおり本堂の階《きざはし》には陽射しが零れ、参道のかたわらには薄紅色の海《かい》棠《どう》の花が咲いていた。

「たまごを食べぬか」

磐音は幸吉とおそめに一つずつ渡した。

「おれ、茹でたまごって、大好きなんだ」

と言って幸吉は、器用にも階の端でたまごの殻を叩いて剝《む》いた。そして、あっという間に食べてしまった。磐音がこれも食べよと自分の分を渡した。

「いいのかい」

と答えた幸吉が受け取りながら、

「あれ、おそめちゃん、食べないのかい」

とおそめに訊いた。

「相談ごとが先でしょ」

「そうだ。そうだったな」

「おそめちゃん、奉公のことだな。過日、幸吉どのから聞いた。室町の呉服屋と柳橋の茶屋奉公の二つの話があるそうだな。だが、おそめちゃんは手に職をつけたいという考えとか。よいことだ」

と磐音に言われたおそめは、

「あたし、茶屋奉公なんて嫌なんです。でも、お父っつぁんは当座のお金が欲しいらしくて、おっ母さんのいないときに、柔らかな絹ものの小袖《こそで》を着られるし、美味《おい》しいものも食べられると、口説くように言うんです」

「おそめちゃんの親父どのは職人かな」

「ああ、兼吉《かねきち》さんは屋根職でよ、柿葺《こけらぶ》き職人だ」

瓦《かわら》を載せる屋根は武家屋敷、寺社、大店と限られ、江戸の長屋の屋根は杉の薄板を貼《は》り付けたもので、たたき屋根と称した。

おそめの父親兼吉はこのたたき屋根の職人だという。

「屋根職もお決まりの日和次第だ。火事でもあれば仕事が続くが、梅雨《つゆ》どきなんぞはあぶれてばかりだ。つまりおれんちみてえにいつも火の車だ。そんでもよ、兼吉さんは賭場に通って、小博奕に手を出して借金に追われてるんだ」

「幸吉さん、うちの恥を話さないで」

とおそめが哀しい顔をした。

「おそめちゃん、浴衣の染め職人になりたいと聞いたがまことか」

はい、と答えたおそめが、

「一時は浴衣や鯉幟《こいのぼり》の染め職人もいいかなと思いましたが、紺屋《こうや》や紅屋は男の職人が下帯一つで仕事するようなところです。それは無理かなと思いました」

おそめは紺屋とか紅屋と言われる染物屋を覗いて歩いた様子だ。

「それでいろいろ考えた末に、上絵師《うわえし》か縫箔屋《ぬいはくや》の職人になれないかなと考えを変えました」

上絵師は染物屋から回ってきた反物に紋を入れる仕事だ。

縫箔とは刺繍《ししゆう》のことで、女物の小袖や打掛けに平縫、玉縫、斜縫、菅縫といろいろな技法を使って、色染めした糸や金糸銀糸を巧みに使って刺繍する手仕事だ。

「浪人さん、おれはさ、どうせやるなら辛気臭い紋入れよりはさ、花嫁御寮や女郎さんの着物を飾る縫箔が娘職人の仕事らしいと言ったんだ」

幸吉が磐音の意見を求めるように顔を見た。

磐音はおそめを見た。

「あたしも縫箔の仕事ならいいなと思いました。でも、あたしのような娘を弟子にしてくれるでしょうか」

江戸の職人はまず男が中心だ。この縫箔も、女が職場に入ることを嫌い、男の仕事場と言われていた。

「年季がかかりそうな仕事だな。その代わり、技量を覚えたら生涯食いはぐれはあるまい」

「おそめちゃんはさ、手先が器用だしよ、おれはいいと思うんだけどな」

「おそめちゃん、仕事先があるかないか今津屋に相談すれば、そのほうはなんとかなるやもしれぬ。気がかりは親父どのだな」

「おっ母さんは、あたしが決めたことなら、なんとしてもお父っつぁんを説き伏せると言っています」

「よし、おそめちゃん、これから今津屋に参ろうか」

「はい」

おそめの顔に喜びが走った。

磐音は二つ目の茹でたまごを持ったままの幸吉に、宮戸川に戻っていよと命じた。

「頼むぜ、浪人さん」

幸吉は磐音に言い残すと、元気よく泉養寺の境内《けいだい》から出ていった。

二人が今津屋の通り廊下から台所を覗くと、昼餉の後片付けに女衆《おんなし》が追われていた。

おこんは吉右衛門の昼餉の給仕をしていて姿が見えなかった。その代わり、老分の由蔵が遅い昼を食べ終えた様子で茶を喫していた。

「坂崎様、このところご無沙汰《ぶさた》でしたな」

と咎めるように言い、

「本日はお連れさんがおありですか」

となにか話したい素振《そぶ》りを堪《こら》えてみせた。そこへおこんが台所に戻ってきて磐音の顔をちらりと覗き、

「おそめちゃん、いらっしゃい」

と同じ深川育ちの娘を迎えた。

「本日はおこんさんと老分どのに相談がござってな」

とおそめの奉公話を告げた。

「縫箔とはまた、おそめちゃんも凄いところに目をつけたものね。だって女が着る小袖や打掛けを、男の職人しか手掛けちゃいけないというのが、そもそも変なのよ」

由蔵も頷き、

「さて縫箔屋に知り合いがあったかな」

と頭を絞った。

「おそめちゃん、お父っつぁんの許しが出たら、私が江戸でも一番の縫箔師のと

ころに連れていってあげる。親方がなんと言われるか知らないけど、亡くなられたお内儀様以来のお付き合い、そう無下《むげ》な返事はしないと思うわ」

おそめの顔がぱあっと明るくなり、由蔵も、

「おおっ、呉服町の江三郎《こうざぶろう》親方か。京刺繡の艶《あで》やかな縫箔に粋な技で太刀打ちできるただ一人の親方ですよ。その代わり、修業は厳しいかもしれぬな」

「老分さん、おこんさん、そめはきっとやりとげてみせます。ご迷惑はかけません。どうか口添えをお願いいたします」

と頭を下げた。

胸をぽーんと叩いたおこんにおそめがさらに、

「早速おっ母さんに話して、お父っつぁんに許しを貰います」

と言って立ち上がった。磐音も、

「よかった」

とおそめを見送るつもりで腰を上げた。すると由蔵が、

「おこんさん、煙草《たばこ》を切らしました。私の刻みは浅草御蔵前の国府屋です、使いをお頼みしてよいかな」

と願った。訝しい顔のおこんが、

はあっ
とした表情で、
「おそめちゃんを送っていった帰りに、国府屋さんへ立ち寄ります」
と一緒に台所を出た。

おこんは磐音とおそめを両国橋の袂《たもと》まで送った。

「おこんさん、あたしはここで結構です。坂崎様、今日は有難うございました」

と頭を下げたおそめは、磐音の返事も聞かず小走りに橋の雑踏に姿を消した。

磐音はなんとなくおこんの煙草買いに同行することになり、神田川が大川と合流するところに架かる柳橋を渡った。

刻み煙草の老舗《しにせ》で間口の半分には煙草入れから煙管《きせる》などを取り揃《そろ》えた国府屋は、御蔵前通りの中ほどにあった。そこで二人は浅草下平右衛門町を抜けていくことにしたのだ。

神田川の左岸河口付近は柳橋と呼ばれ、右岸の雑踏に比べ、静かな佇まいを見せていた。

おこんが磐音の手をぎゅっと握り締め、

「こら、居眠り磬音、私が見合いをすることを知っていたそうね」

と怒った顔を、おどけた口調に誤魔化《ごまか》して睨んだ。そして、さっさと歩き出そうとした。

「金兵衛どのに湯屋で聞かされたでな、承知しておった」

「なぜ止めなかったの」

おこんが振り向いた。

「それは……」

磬音は返事に詰まった。

「私を嫁に行かせたいと思っていたのね」

「違う、それは違うぞ」

磬音は即答した。

おこんの瞼《まぶた》には見る見る涙がこんもりと盛り上がってきた。そして今にも零れ落ちそうに揺れていた。

「金兵衛どのがあれほど喜んでおられるのを止めることができようか」

「馬鹿っ」

おこんは磬音に走り寄ると胸を拳《こぶし》でどんどんと叩き、自分の体をぶつけてきた。

磐音はそっと抱き寄せた。

「お見合いはどうであったな」

「私はおっ母さんの法事に寺に行ったの。見合いなんて話は聞かされてないわ。一人でさっさと戻ってきたわよ」

「金兵衛どのがお困りになったであろう」

「どてらの金兵衛が勝手に仕組んだこと、尻拭いは自分でするものよ」

とおこんが言い放ち、

「磐音、そなたも同罪だぞ」

と言うと、磐音の胸を離れて御蔵前通りへとさっさと歩いていった。

磐音はおこんの残り香を両の腕に感じながらぼうっと立っていた。そして、この数日感じていた胸のわだかまりが霧散するのを感じていた。

三

阿蘭陀商館長フェイトら一行が江戸に到着するという噂が流れた。いつもよりは遅い江戸入りである。それに、

「こんどの江戸滞在はよ、いつもより長いんだと」

「なんでだえ」

「城中でだれぞが麻疹にかかって重いんだと」

「それを南蛮の医者が診るのか」

「南蛮の医者はよ、直《じか》に診られないんだとよ。蘭方医《らんぽうい》の話を聞いて、ああだこうだと匙《さじ》加減を振るうんだと」

「上つ方は大変《てえへん》だ。長屋の餓鬼とだいぶ違うな」

「こちとらは麻疹にかかればそれで終わりよ。蘭方も漢方もあるかえ」

「いっそさばさばしていいな。だがよ、御典医の漢方医がよく南蛮の医者の診立てを許したものだな」

「そこだ、なにやら一波乱あるらしいぜ」

両国橋を渡りながら肩に道具箱を担いだ職人たちが噂をしていくのが、磐音の耳に聞こえた。

磐音にはいつもの日課が戻っていた。

宮戸川の鰻割きの仕事をこなした後、川を渡って佐々木道場に稽古に駆け付け、帰りに今津屋に立ち寄って由蔵やおこんの機嫌を伺う暮らしだ。平凡だが、磐音にとって大事な暮らしを支える日々だった。

だが、今津屋では日光社参の金子集めか、吉右衛門は留守をしていることが多く、時に由蔵もいなかった。

この日は、吉右衛門と由蔵ばかりか、おこんも留守だった。なんでもお佐紀を迎えるための奥座敷の建具や畳替えの相談に、出入りの親方の家に行っているのだという。

「後見、旦那様のお帰りを待ちませぬか」

と筆頭支配人の林蔵《りんぞう》らに引き止められたが、磐音は挨拶しただけで深川に戻ることにした。

橋を渡りきった両国東広小路の人込みで、楊弓場《ようきゅうば》「金的銀的《きんてきぎんてき》」の朝次《あさじ》親方とばったり顔を合わせた。親方は田舎から出てきたばかりという風情の娘を連れていた。

頰の赤い娘は十四、五か。風呂敷包みを抱えているところを見ると、「金的銀的」の新しい矢返しになろうというのか。

「坂崎さん、元気ですかい」

「相変わらずの貧乏暇なし、元気だけが取り柄にござる」

「どてらの金兵衛さんに会ったらさ、ぼやいてたぜ。おこんさんに見合いを仕組んだら途中で逃げられたって。仲人には怒られるわ、相手方の親には怒鳴られるわ、さんざんな目に遭ったってねえ。どうも娘の気持ちが分からないって、思案投げ首の体《てい》だったな」

と苦笑いした。

「わが娘となると目が見えなくなるものかねえ。娘が見合いを蹴り飛ばすときにはさ、近くに好きな男がいるに決まってらあな。坂崎さんはご存じないんですかい」

「はて、そちらの方面は疎《うと》いでな」

と答えた磐音は、

「娘御は新しい奉公人かな」

と話題を逸《そ》らした。

「口入屋《くちいれや》に前々から頼んでたんですよ。上総《かずさ》から奉公に出てきたおいそでさ。よろしくお願いしますよ」

「おいそどのか、よろしく頼もう」

と磐音に頭を下げられたおいそが慌てて頭を下げて、口の中でなにか答えた。

「潮風に吹かれすぎた娘ですがね、これで二月《ふたつき》三月《みつき》もすると、すっきりした両国の娘に垢抜《あかぬ》けますよ」

「おいそどの、しっかり働いて上総の親御を喜ばせるのだぞ」

「へえっ」

と事情が分からないながら娘が人込みの中で頭を下げた。

柳の枝が風に吹かれる六間堀から金兵衛長屋のほうに曲がろうとした跫音は、勢いよく飛び出してきた幸吉に危うくぶつかりそうになった。

「浪人さん、大変だ」

幸吉とは最前、宮戸川で別れたばかりだ。

「兼吉さんがよ、いなくなっちまったんだよ」

「兼吉とは、おそめちゃんの親父どのじゃな」

「そんなのんびりしている場合じゃねえぜ」

「仕事先が立て込んでいるのではないか」

「叩き屋根の職人は長屋からの通いだよ。泊まりで仕事なんぞあるもんか」

「いつからだ」

「昨日の朝出たっきり、まだ戻ってねえんだよ」

「博奕が好きというで、賭場から仕事場に行ったとは考えられぬか」

「浪人さん、おそめちゃんも一緒に姿を消してるんだよ。しっかりしてくんな」

幸吉はその場で地団太を踏んだ。

「なにっ、おそめちゃんも一緒とな。落ち着いて事情《わけ》を話すのだ」

「さっきよ、宮戸川におっ母さんのおきんさんがおそめちゃんの行方を尋ねに来て分かったんだ。昨日、兼吉さんは仕事場に弁当も持たずに出かけたんだと。そんでおっ母さんが心配してよ、新しいご飯を炊いて、おそめちゃんに持たせたのさ。そしたら兼吉さんばかりか、おそめちゃんも長屋に戻ってこねえというじゃねえか。おれはびっくりして、親方も浪人さんに相談しろと言うんでよ、長屋に走ってきたんだ。だが、長屋は留守だし、こりゃあ、今津屋だと見当つけて大川を突っ切ろうとしたとこだ」

「事情は分かった。母御は唐傘長屋におられるか」

「おお、鉄五郎親方に長屋に戻ってろと言われたからな」

参ろう、と幸吉と磐音は同じ町内の唐傘長屋に直行した。柿葺き職人の長屋の前では、おそめの妹と弟が徒然に立っていた。

「姉ちゃんは戻ったか」

幸吉の問いに弟妹が顔を激しく横に振った。

「おっ母さんはおられるか」

磐音の問いに、おそめに風貌の似た妹が、

「寝てるよ」

と答えた。

「おっ母さんよ、寝てる場合じゃねえぜ」

と幸吉が引き戸を引くと、どてらを体に巻いたおそめの母親のおきんが不安そうな顔を戸口に向けた。

「幸ちゃん、なにか分かったかい」

「浪人さんが心配して顔を出してくれたんだ」

おきんが顔見知りの磐音にぺこりと頭を下げた。

「おきんどの、昨日、おそめちゃんが兼吉どのの普請場《ふしんば》に弁当を届けたのであったな。そこには問い合わせたのか」

「問い合わせた帰りに、幸ちゃんの鰻屋に寄ったんです」

「普請場ではなんと申されたな」

「親方は、昨日仕事が終わった後、兼吉はいつものように戻ったたって」

「おそめちゃんは兼吉どのと一緒か」

「いえ、おそめは弁当を届けてすぐに長屋に帰ったたって」

「別々に戻ったのだな」

「だと思うけど」

おきんの話は要領を得なかった。

「普請場はどこかな」

「浅草は待乳山聖天社《まつちやましょうでんしゃ》の下だよ」

「たれの普請場だな」

「あの土地の質屋の持ち物だ」

「質屋の名は」

「中屋久平《なかやきゅうへい》だ」

「よし、今一度それがしが事情を訊きに参る」

おきんがぺこりと頭を下げた。

唐傘長屋を出た磐音に幸吉が、

「浪人さん、おれも連れてってくんな」

「宮戸川に断って参るか」

「親方が浪人さんの指図に従えと言いなさったんだ」

「よし、行こう」

再び六間堀に出た二人は北を目指して一気に竪川を二ッ目之橋で渡り、本所を南から北へ抜け、浅草寺門前の広小路に通じる吾妻橋を小走りに、大川右岸へと出た。河岸沿いに花川戸《はなかわど》から山谷堀の今戸橋を目指す。

山谷堀河口の南側の小高い岡に建つ待乳山聖天社は、男女和合の歓喜天《かんぎてん》、巾着《きんちゃく》と二股《ふたまた》大根が紋という変わった社だ。

質商の中屋久平の家作はこの待乳山の西側にあって、棟割の長屋が三棟新築されていた。

それが兼吉の普請場だった。

長屋はほぼ柿葺きを終えて、最後の一棟の屋根の上に親方と職人一人が乗っていた。

「仕事中、相すまぬ。兼吉どのの親方にちと話がござる」

口に竹釘を咥《くわ》え、半纏《はんてん》を着た親方が磐音と幸吉を見下ろした。

「おめえさんは」

「兼吉一家と昵懇の者でな、今朝方、おきんどのが来た用件だ」

「兼吉もおそめちゃんもまだ戻ってきませんかえ」

と言いながら親方は屋根から下りてきた。

「親方、兼吉、おそめ親子が行方を絶つ事情をご存じないか」

「事情もなにも、二人別々に姿を消したというのがねえ」

親方はどこか心に引っかかりがあるようで言い淀《よど》んだ。

「そなたの考えでいい。話してくれぬか」

親方は普請場を見回した。大工に壁塗り職人が入り、急ぎ仕事のようだった。

それを敷地の一角からお店《たな》の番頭風の男が監督するように見詰めていた。

「番頭さん、ちょいと手を休ませてくんな」

「おまえさんのところは職人が一人朝から来てないんだよ」

「番頭さん、今日は居残りしてもやり遂げます。ちょっとの間だ」

番頭と呼ばれた男が親方に小言を言い、磐音を睨んだ。

「番頭どの、相すまぬ。親方はすぐに仕事に戻すゆえ暫時《ざんじ》借り受けたい」

磐音の頼みに番頭は返事もしなかった。

親方は磐音と幸吉を待乳山聖天社の境内に連れていった。

「中屋の番頭でね、仕事に細けえんだ」

「まことに迷惑をかける。だが、兼吉どのばかりか、弁当を届けたおそめちゃんまで行方知れずというのは奇妙だ」

「お侍、おそめちゃんと兼吉は別々に帰ったんだ。おまえ様は、同じ理由で長屋に戻れねえと考えなさるか」

「おそめちゃんはしっかり者だ。自らふらふらする娘ではない。まず、そう考えるのが普通だな」

「だろうな」

親方はあっさりと同意した。

「兼吉どのは博奕が好きと聞いているが、そちらの諍いに巻き込まれたということはないか」

うーむ、と親方が唸《うな》って腕組みをした。

「やっぱりそっちかねえ。なんでも兼吉は賭場に二十両ばかり借金があるというからな」

「賭場はどこかな」

「おれに隠れてこそこそしてやがる。知らねえんだ」

と答えた親方が、

「昨日も普請場にやくざみてえな兄いが二人面《つら》を出して、兼吉をこっぴどく締め上げていったばかりだ」

「刻限はいつだな」

「四つ半（午前十一時）頃かねえ」

「その者たちとおそめちゃんは会うたかな」

「いや、二人連れが戻った後に、擦れ違いでおそめちゃんが弁当を下げてきたんだ」

「間はあったか」

「そういえば間なしだな」

「おそめちゃんに茶屋奉公の話が出ていたそうだが、親方はご存じか」

「柳橋の料理茶屋の話かえ。そんなところに十四、五の娘を奉公させて前渡し金に十五両もの大金をくれるものか。おれは吉原か、四宿の食売旅籠《めしもりはたご》に売る話とみたがねえ」

幸吉が悲鳴を上げた。

親方がちらりと幸吉を見て、

「まさか昨日の連中が、おそめちゃんをかっ攫《さら》ったということはあるめえな」

「親方、そう考えたほうが分かりやすい。連中が何処《いずこ》の者か分からぬか」

「半纏の背に代紋があったな。たしか櫂《かい》がかけ違った下に勘の一字だ」

「違櫂《ちがいがい》の下に勘の字だな」

領いた親方は、

「とにかくおれが知っているのはそんなとこだ。昨日から中屋の番頭に兼吉のことで怒られっぱなしだ。おれは仕事に戻るぜ」

と言い残して待乳山を急いで下っていった。

「浪人さん、おそめちゃんが大変だ」

「幸吉どの、おそめちゃんが遊里に売られたにしても、すぐに客を取らされることはあるまい」

「そんな悠長なことを言うねえ」

「とにかく地蔵の親分に知らせてくれぬか。この一件を最初から話すのだ。あとは竹蔵親分が万事呑み込んでおられる」

領いた幸吉は、

「浪人さんはどうする」

「それがしはちと訪ねるところがある」

「おそめちゃんと関わりのあることだよね」

「心配いたすな。さるお方に、おそめちゃんの行方を突き止める知恵を借りに参るのだ」

「分かった。地蔵の親分に話すぜ」

と叫んだ幸吉も、待乳山聖天社から脱兎《だっと》の如く本所へと駆けていった。

一人になった磐音は待乳山から山谷堀の土手八丁へと下り、見返り柳の辻まで昼見世の遊客に混じって向かった。衣紋《えもん》坂から五十間道を下ると、幕府ただ一つの官許の遊里吉原の大門が見えた。

別名北州の傾城、五丁町で威勢を振るうのが白鶴太夫だ。磐音の許婚であった小林《こばやし》奈緒の今の姿である。

磐音は、三千の遊女が鎬《しのぎ》を削る遊里に足を踏み入れたくはなかったが、おそめの運命を左右する話だ。

冠木門《かぶきもん》を潜《くぐ》ってすぐ右の吉原会所《かいしょ》に訪《おとな》いを入れた。

吉原会所は四郎兵衛《しろべえ》会所とも呼ばれ、鉄漿《おはぐろ》どぶと高塀に囲まれた吉原二万余坪

の治安と自治を取り仕切る会所だった。その頭取《かしら》は代々四郎兵衛と呼ばれてきた。顔見知りの若い衆が、

「坂崎様」

と声をかけてきた。磐音は、四郎兵衛どののお知恵をお借りいたしたく参上した、と用事を告げた。

磐音はすぐに奥座敷に通された。

「吉原に足を向けられたのは鐘《かね》ヶ淵《ふち》の一件以来にございますな」

白鶴太夫を巡り、二人の意休《いきゅう》が角付き合わせた騒ぎに磐音は絡み、陰ながら白鶴の身を守ったことがあった。

そのことを四郎兵衛が言ったのだ。

「四郎兵衛の知恵を借りたいとはどのようなことですな」

磐音はおそめの身に起こった危難を告げた。

「待乳山聖天下の普請場から姿を消したゆえ、近間の吉原におそめちゃんが連れ込まれたなどとは考えておりませぬ。ですが、四郎兵衛どのならば、そのように姿を消した娘の行方の見当がおつきではと参上しました」

「おそめは器量よしにございますか」

「愛らしい娘にございます。なにより利発な娘です」

と答えた磐音に四郎兵衛が、

「体付きは」

とさらに訊いた。

「体付きにございますか。歳も歳ゆえまだ娘にもなりきっておりませぬ。子供から娘へ生まれ変わろうという最中、節のない竹のようなすうっとした体付きと申せばよいか。もしおそめちゃんが吉原に売られて禿《かむろ》になれば、後々は売れっ子の花魁《おいらん》になりましょう」

大きく頷いた四郎兵衛が、

「違櫂の下に勘の字の若い衆は、先代まで駒形《こまがた》河岸で船人足の人入れ稼業をやっていた違櫂の勘助《かんすけ》一家のものですね。先代が亡くなり、娘ばかりで人足稼業も立ちゆかず、屋号と鑑札《かんさつ》を今の勘助に売りなさった」

「ということは、当代の勘助は先代までの仕事とも血筋とも関わりがないのでございますか」

「さよう。旗本屋敷の中間《ちゆうげん》頭だった犬飼小吉《いぬかいこきち》という目端が利いた男でございますよ。こいつが違櫂の勘助の稼業を受け継いだんだが、船頭、人足に嫌われた。なにしろ給金の払いが悪いのだそうで。諍いが何度もあった後、人が集まらなくなった。人入れ稼業に人が集まらなくては終わりです」

四郎兵衛はしばし思案し、また言い出した。

「四、五年前ですか、昔の縁を頼って旗本屋敷の中間部屋などを借り受け、賭場を開いた。こちらは昔取った杵柄《きねづか》だ、博奕狂いの客はいくらもいる。今では何軒かのお屋敷で毎晩賭場を開き左団扇《うちわ》で暮らしていると聞きました」

「父親の兼吉どのが賭場で借財を作ったのは、間違いなく違櫂の勘助一家でございましょう。さて分からぬのはおそめちゃんのほうだ」

「いえ、繋《つな》がりがございます」

と四郎兵衛はなにか思い当たることがあるのか言い切った。

「おそめが売り飛ばされるのはこの吉原でも四宿の食売旅籠でもございませぬな。人間の性《さが》というものは奇妙なもので、大人の女よりもまだ青臭い子供の体がいいという男もおりますので」

「なんとおそめちゃんは、そのようないかがわしいお大尽《だいじん》に狙われましたか」

「勘助の賭場でございますが、客筋は大店の旦那衆、上野浅草界隈の坊主、大身旗本と金持ちが多うございます。それをわざわざ兼吉のような日傭《ひようと》取りの柿葺き職人を誘い込んだというのは、おそめがいることを承知の上のことですよ。最初は勝たせて、その後、すってんてんにして借金を負わす。おそめを柳橋の茶屋奉公にと知恵を付けたのも、違犢の勘助でしょう。だが、実際は青臭い娘の体に関心を寄せる金持ちの狒々爺《ひひじじい》に売り飛ばすのです」

と四郎兵衛が言い切った。

「四郎兵衛どの、手がかりが摑めました。おそめちゃんが遊里に売られるのではないとなると、急いで取り戻さねばなりませぬ」

と磐音が立ち上がろうとした。

「お待ちなさい。私が申したことは推量です。勘助に掛け合って、知らぬと言われればそれまでです。そうなればおそめもすぐに江戸を離れて、上方辺りに売り飛ばされる。勘助一家の表看板は船人足の人入れ稼業と申しました。上方行きの船には知り合いもございましょう。事実、そんな噂もないではない。まだ一日二日の時がございましょう、うちでも調べさせます。ここはじっくりと網を仕掛けるのです」

と四郎兵衛が磐音の短兵急《たんぺいきゅう》を戒めた。

四

磐音は吉原の帰りに駒形河岸に立ち寄った。

代々船人足の人入れ稼業の駒形の勘助の表構えを見ておこうと思ったのだ。河岸道と御蔵前通りの間に薄く延びる駒形町の一角に勘助一家の店があった。

表は大川に向かい、大勢の人足が出入りし易いように十間間口で土間も広いようだ。奥に船道具を入れるような蔵が二棟あった。

海老茶木綿《えびちゃもめん》の日除《ひよ》けが軒先から垂れて、代紋の違櫂の下に勘の字が染め出されていた。

人の気配があるのかないのかひっそりとしていた。

(兼吉どの、娘のおそめちゃんを見捨てるでないぞ)

と心のうちに言いかけた磐音は河岸道を横切って大川端に出た。

駒形堂が一丁ばかり南に見え、北側の上流には竹町ノ渡し場から船が人を乗せて往来する光景が眺められた。

河岸には押送船《おしおくり》に似た船が停まり、その艫《とも》には浅草駒形勘助の文字が書かれていた。なんぞ事が起これば、幕府のお触れに反して三丁櫓に替えることのできる船足の速い船だ。

磐音がどうしたものかと迷っていると川面から声がかかった。

「坂崎様」

猪牙舟に木下一郎太と地蔵の竹蔵親分が手先を連れて乗っていた。声をかけて呼んだのは竹蔵だ。

磐音は船着場に下りると猪牙舟に乗り込んだ。

船頭が心得て駒形堂へと漕《こ》ぎ下り、勘助の船着場を離れた。

「幸吉から話は聞きやした。ちょうど木下の旦那が見廻りに立ち寄っておられたんで、すぐに猪牙を仕立てたんでさ」

「造作をかける」

「おそめは、鳶《とんび》が鷹《たか》を生んだと六間堀界隈じゃ評判の娘なんだ。それを兼吉め、茶屋奉公に出そうなんぞ考えるからこんなことになっちまうんだ」

と竹蔵が吐き捨てた。

「木下どの、親分。それが、厄介なことにおそめちゃんは巻き込まれているやもしれぬのだ」

磐音は吉原で四郎兵衛から聞いた話を二人にした。

「なんですって。おそめはそんな狒々爺の餌食《えじき》にされようとしてるんですかい」

「親分、はっきりしたことではないが、四郎兵衛どのはそう推量なされた」

「坂崎さん」

と一郎太が口を開いた。

「吉原の連中は、女を売り買いする闇《やみ》の世界には滅法詳しい連中だ。四郎兵衛がそう口にしたとしたら、こいつはそれなりの確かな証《あかし》があってのことですよ」

「そうなると時間がない」

「四郎兵衛は会所の手下《てか》を動かすと約定《やくじょう》したのですね」

「いかにも、一日二日の余裕はあろう、ここは辛抱だ、と申された」

「違糴の勘助が兼吉、おそめ親子の身柄を押さえてるとすると、自分の家なんぞに無用心に置くタマじゃねえ。どこぞ別の場所に隠してますよ」

「木下どの、親分。おそめちゃんの売られ先は奴《やっ》らなりにござろう。だが、父親の兼吉どのはどうする気でしょうな」

「兼吉がおそめを身売りする証文に判を捺《お》せば、この一日二日のうちに唐傘長屋に帰されましょう。勘助も、そうそうお上に目を付けられたくないでしょうからね。親の承諾で娘が身売りするのは、このご時勢だ、いくらもある。お上もなかなか親子の中には入れねえ」

「それは困る、親分」

へえっ、と答えた竹蔵が、

「兼吉が親心を見せておそめの身売り証文に判を捺すのを拒んだ場合、兼吉の死体がこの大川のどこかに浮くことになる。おそめは吉原会所が推量したように、上方くんだりまで売り飛ばされる」

「さようなことをさせてたまるものか」

一郎太が頷き、

「坂崎さん、ここは四郎兵衛の言葉に縋《すが》って、一日二日ぐっと辛抱しましょうか。むろん勘助の家の出入りは竹蔵が手配りして見張ります」

「それがしが手伝うことはござらぬか」

一郎太が顔を横に振り、餅《もち》は餅屋に任せよという表情を見せた。

「坂崎さん、なにが起こってもすぐに駆け付けられるようにしておいてください」

「承知しました」

猪牙舟が駒形堂下流の船着場に寄せられ、一郎太、竹蔵らが降りて、

「猪牙は竪川筋のものです。坂崎さんは乗っていらっしゃい」

と一郎太が勧めてくれた。

「頼みます」

磐音はその一言に願いを込めて、勘助一家の見張り所を設けに徒歩で戻る一行を水上から見送った。

磐音は一人猪牙舟に乗り、舟はゆっくりと大川右岸から左岸へと移りながら下っていった。

刻限はすでに七つ(午後四時)は過ぎていそうな日の回り方だ。

磐音は船頭に、

「両国橋際で降ろしてくれぬか」

と頼んだ。無口な船頭が、

「へえっ」

と答えて、両国東広小路の船着場へと向けた。

磐音は時折り立ち寄る一膳《いちぜん》飯屋の暖簾《のれん》を潜った。

宮戸川で朝餉を馳走になって以来、なにも食べていなかった。これから長屋に

戻って夕餉の仕度をするのもおっくうだ。米櫃《こめびつ》に米は残っていたが菜がない。そんなわけで一膳飯屋の縄暖簾を潜ると、酒粕《さけかす》の匂いがしていた。

「粕汁かな」

顔馴染みの女中が、

「旦那が、思い付きで粕汁を拵えたんだよ。この陽気に粕汁もねえもんだ」

「貰おう」

と磐音は注文した。

「みろ、粕汁がうめえという人にようやくあたったぜ。お侍、酒粕を貰ってたのを思い出して作ってみたが、陽気が陽気だ、評判が悪い。大鍋《おおなべ》いっぱい残っているんだ、好きなだけ食べてってくんな」

大丼《どんぶり》に具だくさんの粕汁を菜に、昼餉とも夕餉ともつかぬ食事を磐音は摂った。

その帰り、宮戸川に寄ると、幸吉が磐音を待ち受けていた。

「おそめちゃんは見付かったかい」

宮戸川は客が少ない刻限だ。鉄五郎親方も心配そうな顔を向けた。

「幸吉どのの知らせで南町も手配りについた。それにな、吉原会所も動いておる。

ここは辛抱だぞ」

幸吉に言い聞かせるように磐音は言った。

「浪人さん、なにもすることはねえのかい」

幸吉が怒ったように口を尖らせた。

「今は待つ時だ」

「だってよう」

とさらに声を張り上げようとする幸吉を鉄五郎が、

「幸吉、坂崎さんもおめえと同じお気持ちなんだ。深川に生まれた男なら、黙って我慢しろ」

と言い聞かせた。


じりじりと一日が過ぎ、二日が経《た》った。

磐音は唐傘長屋の様子を窺《うかが》いながら、宮戸川の鰻割きの仕事を続けていた。幸吉は時が経つにつれ、無口になった。

兼吉とおそめ親子が行方を絶って四日目、宮戸川の帰りに六間湯に立ち寄り、金兵衛長屋に戻ると、長屋の戸口に紙片が差し込まれていた。披《ひら》くと、

「五十間道蔦屋《つたや》にてお会いしたし　絵師重政《しげまさ》」

　と短くあった。

　浮世絵師北尾《きたお》重政からの呼び出しだ。

　蔦屋とは、北尾重政と組んで奈緒が吉原に乗り込む風景『雪模様日本堤白鶴乗込』を売り出し、大評判をとった、新興の浮世絵版元蔦屋重三郎《じゆうざぶろう》のことだ。

　北尾重政からの呼び出しとしたら、これまでの関わりから白鶴太夫の身に異変が起こったとしか考えられなかった。

　おそめのことが逼迫《ひっぱく》していたが、磐音は北尾の誘いに乗ることにした。

　鰻の臭いが染み付いた普段着から、おこんがいつか見立ててくれた鉄錆《てつさび》色の小袖を着流しにして菅笠《すげがさ》を被った。

　腰には刃渡り二尺七寸の包平《かねひら》と、無銘の脇差一尺七寸三分（五十三センチ）を差し落とした。

　仕度はなった。

　木戸を出て、大家の金兵衛の家に寄ると、異名どおりにどてらを体に巻き付け、火鉢を抱えて鼻水を垂らしていた。

「風邪を引かれたか」

「風邪も引きますよ、おこんの我儘《わがまま》風邪というやつだ。なにを考えてるんだか、父親《てておや》にあれほどの恥をかかせてさ」

とぼやく金兵衛に、おそめの一件が急転するようならば、五十間道の蔦屋に使いを走らせてくれと、くれぐれも頼み込んだ。

「あいよ」

どこか頼りない金兵衛の返事だった。

磐音は金兵衛の正気を願い、六間堀から大川端左岸を竹屋ノ渡しまで上り詰めた。そこでようやく足を緩《ゆる》め、折りよく竿《さお》を立てようとした渡し舟に乗り込んだ。もう対岸は吉原への道、土手八丁の山谷堀だ。

渡し舟に乗っている間に、深川から早足で歩いてきた汗が引いた。

昼見世に通うには刻限が早い土手八丁は、どことなく長閑だった。見返り柳の枝が風に揺れる辻を折れると、大きく蛇行する衣紋坂から五十間道が吉原大門へと下っていた。

その中ほどに蔦屋の店はあった。

「来なさったか。思ったよりも早うございましたな」

と迎えたのは重三郎だ。

「北尾どのはこちらではございませぬか」

「この刻限は聖天町裏の長屋ですよ」

磐音は再び土手八丁を引き返し、待乳山聖天町裏の長屋に絵師北尾重政を訪ねた。

先日幸吉と二人で訪ねた中屋の普請場とはそう離れていなかった。

「北尾どの、なんぞ御用ですか」

がたぴしと建付けの悪い戸を開いて、磐音は目を丸くした。

北尾重政は若い女を片肌脱ぎにさせ、緋縮緬《ひちりめん》の襦袢《じゅばん》をもう一方の肩からかけ流させて、その女と向かい合うように絵を描いていた。その口には一本の筆が咥えられていた。

「これは失礼いたした」

磐音は慌てて戸を閉めた。その脳裏に、緋の長襦袢と白い肩と背が残像で浮かび、消えた。

笑い声が響き、

「少し休んでおれ」

と北尾が女に声をかけた。

「お仕事の最中邪魔をいたした」

磐音と北尾は陽の当たる長屋の木戸口で向き合った。絵師の襟《えり》にも袖にも絵の具がこびりついていた。北尾は懐に画帳のようなもの
を突っ込み、手にはまだ筆を持っていた。

「白鶴太夫はお元気ですよ」

と北尾が磐音の心中を察して言った。

「とすると、お呼び出しは別口ですか」

「坂崎さん、吉原会所が深川育ちの娘を探して歩いているそうですね」

「それがしが四郎兵衛どのに手助けを願ったのです」

「およその仔細《しさい》は承知しています」

と頷いた北尾が、

「私の仕事はお上のお触れに反することもままあります。ですから怪しげな連中
とも付き合いがあります。どこからこの話が出てきたかは申せません。今宵、お
そめは輿入《こしい》れさせられます」

と画帳を開くと、筆でさらさら何事か書き、磐音に差し出した。

「おそめが売られていく屋敷です」

「北尾どの、助かった」

「なあに坂崎さんと私は相身互い、助けられたり助けたりする仲です」

と笑った絵師は仕事場へと戻っていった。


その夜、磐音は新大橋の西詰、浜町河岸にある大身旗本菅沼織部正《すがぬまおりべのしょう》の上屋敷門前に潜んでいた。

半刻（一時間）ばかり待った末にその乗り物は出てきた。

菅沼家の家紋入りの提灯《ちょうちん》に先導され、新大橋に向かった。

磐音は闇に潜む仲間に無言の挨拶を送ると一行を尾行し始めた。

菅沼家は元戦国大名の家柄、徳川幕府になって三河《みかわ》設楽《したら》郡の領地七千石を領有し、旗本家には珍しく江戸と領地を参勤交代する旗本であった。

そんな選ばれた大身旗本の身分は交代御寄合表向御礼衆《おもてむきおれいしゅう》で、城中では柳之間詰であった。

参勤交代する以上、三河領には陣屋を、そして江戸には拝領屋敷を構えていた。

そんな菅沼家の上屋敷は浜町河岸に、中屋敷は深川六間堀に、下屋敷は本所四ッ目にあった。

今、上屋敷を出た乗り物の一行は新大橋を渡り、左岸を竪川まで上って、竪川沿いに四ッ目へと向かった。

絵師北尾重政は、今宵菅沼家の上屋敷から下屋敷に向かう乗り物におそめが乗せられていることを示唆した。またおそめが囚《とら》われている場所が菅沼家の上屋敷で、夜になって連れ込まれようとするのが下屋敷と告げていた。

磐音は絵師の長屋を出ると吉原に向かい、会所に四郎兵衛を訪ねた。面会した四郎兵衛にどこから出たかの出所は伝えず、北尾からもたらされた情報を告げてみた。

「坂崎様、そなた様は不思議な人物にございますな。江戸の闇の裏に通じる知り合いを、この四郎兵衛の他にもお持ちのようだ」

「この情報、確かとみてようございますか」

四郎兵衛が頷いた。

「われらが探索の結果と符合してございます」

北尾重政の情報は正しかった。

「厄介なことになりましたな。交代御寄合表向御礼衆菅沼家はただの旗本ではございません。外様《とざま》大名並みのお力を有してございます」

もはや町方の木下一郎太らも手が出ない相手だ。

「四郎兵衛どの、なんとしてもそれがしは無辜《むこ》の娘を助けとうござる」

頷いた四郎兵衛が、

「娘と父親が離された後、父親の兼吉は間違いなく口封じに始末されます」

と言い切った。

「こちらは私どもにお任せください。なんとしても愚かな父親を助け出します」

「お願い申します」

駕籠を囲んだ一行はひたひたと竪川沿いの道を一ッ目之橋、二ッ目之橋と過ぎ、さらに三ッ目之橋を通り過ぎて、横川に架かる北辻橋を渡った。

もはや本所四ッ目の菅沼の下屋敷は近かった。道中、おそめが乗せられていると思える駕籠はひっそりと物音一つしなかった。

この駕籠を待ち受けているのは菅沼織部正義輝《よしてる》の叔父菅沼資寅《もととら》、隠居した今は自ら梅翁《ばいおう》と名乗っていた。

資寅は菅沼本家の先代織部正義忠《よしただ》が若くして死んだ後、幼い義輝が成人して跡目を継ぐまで後見を見事に果たしてきた。

生涯独り身を通した資寅は今から六年前に下屋敷に隠棲《いんせい》して、梅翁を名乗っていた。

七千石の大身だが大名並みに参勤交代があり、家老四人、用人五人、側用人一人、用人格一人、留守居一人、添役一人と、重臣だけで十三人を抱えていた。それだけに内所《ないしょ》は苦しかった。

資寅は下屋敷の中間部屋を賭場にして、その寺銭《てらせん》で菅沼家の体面を整えてきた。

義輝に実権を譲った後、梅翁は下屋敷の賭場を毎晩のように開き、寺銭をはねるようになっていた。

その組んだ相手が違糴の勘助であったのだ。

いつの頃から梅翁に、まだ大人になりきれない娘を褥《しとね》に入れる習わしができたか。

四郎兵衛の探索でも北尾重政の調べでも娘の趣味は一致していた。

老いを迎えた菅沼梅翁には賭場から入る寺銭がふんだんにあり、屋敷にはそう
そう目付の探索の手が入り難い、

「交代御寄合表向御礼衆」

なる格式身分があった。

磐音の目の前で駕籠がいったん止まり、閉じられていた門が開いて、一行が中に入っていった。そして、再び門が閉じられた。

磐音は菅沼家の三千余坪はありそうな敷地を囲む土塀に沿って裏口へと回り込んだ。すると賭場に通じる裏口があって、見張りの影がいくつかうろつくのが見えた。

磐音は急いで表門に戻り、反対の方角へと回り込んだ。すると土塀の傍《そば》に銀杏《いちょう》の大木が立っていた。

磐音は包平の下げ緒を外し、下げ緒の端を横に張り出した枝に投げ上げて絡めると、下げ緒を頼りに幹に足をかけながら枝へと這い登った。さらに枝を伝い、土塀の上に降りると屋敷へと飛び下りた。

鬱蒼《うっそう》たる庭木を伝うと梅林へと出た。すでに梅の花の季節は終わり、葉が生い茂っていた。

母屋は閉じられて真っ暗だった。母屋の裏手の中間部屋で夜な夜な賭場が開かれているのだろう。だが、その気配は磐音がいる庭までは伝わってこなかった。

(おそめちゃんはどこに連れ込まれたか)

磐音に焦りの気持ちが生じた。

さらに進むと栗石《くりいし》を敷き詰めた枯れ池の縁に出た。そのかたわらに凝った造りの離れ屋があった。

ふいに離れ屋に灯りが入った。

低く交わされる人声が聞こえた。

その声が絶え、空駕籠を担いだ一行が渡り廊下から母屋の玄関へと引き上げていった。

磐音は駕籠が出てきた渡り廊下へと回り込んだ。するとそこに黒い影が一つ座していた。

菅沼梅翁は護衛の御番衆を残していた。

磐音は護衛の御番衆が何人か、しばらく闇を探った。だが、息遣いはどうみても一人だった。

磐音は裸足《はだし》になると、草履《ぞうり》と、手にしていた下げ緒を懐に仕舞った。

包平を鞘ごと抜くと手に持ち、苔《こけ》むした庭を這い、渡り廊下の入口に座す御番衆へと接近していった。

磐音は焦る心を抑えて、ゆっくりゆっくりと接近していった。

離れ屋から娘の叫び声が響いた。

おそめの声だ。

御番衆の注意が思わずそちらにいった。

その瞬間、磐音が立ち上がると同時に、気配に気付いた御番衆が振り返った。

その鳩尾《みぞおち》を包平の鐺《こじり》がぐいっと突いた。へたへたと倒れかかる御番衆の体を抱き留めた磐音はそっと庭に下ろした。懐を探り、手拭いで猿轡《さるぐつわ》をすると、渡り廊下の下に転がした。

「一時《いっとき》じっとしておれ」

そう言いかけた磐音は渡り廊下に飛び上がると、足音を消して離れ屋に侵入した。廊下の向こうから灯りが洩《も》れてきて、嗄《しわが》れ声が淫《みだ》らな行為を哀願する様子が伝わってきた。

おそめが拒んでいた。

「そなた、ほれ、こちらに来よ。もうな、寒がることもひもじい思いもせんでよいぞ。綺麗《きれい》なべべを着て、好きなものを食べられるぞ」

「嫌です、深川に帰してください」

「おまえの身はこの梅翁が高い金子で買ったのだ。そうはいかぬ」

磐音はもはや足音を消すことはしなかった。懐に入れていた草履を履くと、灯りの点《とも》る座敷に言いかけた。

「菅沼梅翁、そなたの戯言《ざれごと》はもはやそれまで」

「たれじゃ！」

慌てふためいた老人の声が響き、障子の向こうで影が立ち上がった。

磐音が手にしていた包平の鞘が障子に突き込まれ、鐺が老人の鳩尾を強打した。

障子を引き開けた磐音の目に、白の長襦袢を着せられ、桃割れに化粧をされたおそめがまず映った。

おそめは突然起こった事態を把握できず、呆然としていた。

「おそめちゃん、もう大丈夫じゃぞ」

磐音と気付いたおそめが、

わあっ

という泣き声を上げると胸に飛び込んできた。

「よしよし、幸吉どのも心配しておるでな。六間堀の唐傘長屋に戻ろうか」

磐音の声は優しくも長閑に響いた。手にしていた包平を腰に戻した。

「おそめちゃん、泣くのは後じゃぞ。この屋敷から抜け出ねばならぬでな」

磐音は泣きじゃくるおそめに、

「ほれ、それがしの背におぶされ」

と胸の中のおそめを背に回し、

「よしよし、これからおっ母さんのもとへ戻るでな」

と背に負うた。そして、痩せこけた菅沼梅翁が、はだけた寝巻きから痩せた脛《すね》を出して転がる老醜を一瞥《いちべつ》すると、廊下へと出ていった。

第三章　夜半の待伏せ

一

竪川の岸辺は花明かりにおぼろに浮かび、萌え出る若草の匂いが漂ってきた。

磐音が背におそめの温もりを感じながら歩いていると、

「坂崎様」

とおそめがそっと声をかけた。しっかり者のおそめは磐音に助けられると知ると泣きやみ、自らを律しようと耐えているのが感じ取れた。

「どうした」

「この格好で長屋に戻りたくないんです」

おそめは、化粧をさせられ、ぴらぴらの長襦袢《ながじゅばん》を着せられた姿をだれにも見られたくないと言った。

「そうか、そうであったな」

磐音の脳裏に浮かんだのはまずおこんだ。だが、夜半、大川を渡って今津屋まで行くのはなんとしても遠い。

磐音の視界に新辻橋が浮かんだ。

(思いついた)

磐音は、横川と交差するところに架かる新辻橋を横川に沿って北へと曲がった。八丁も行くと、法恩寺橋際には地蔵の親分が構える蕎麦《そば》屋があった。

あの家ならば商売柄、夜半に起こされることには慣れているだろう。

竹蔵の世話女房のおせんに頼もうと磐音は考えたのだ。

地蔵蕎麦の表に立つと、店の土間にうすぼんやりとした有明行灯《ありあけあんどん》の灯りが点っているのが分かった。

磐音が戸を叩くとすぐに奥から出てくる気配があった。

「おまえさんかえ」

竹蔵らは駒形河岸の違欋《ちがいがい》の勘助の家に張り込み、明け方賭場から戻ってくる勘助らを捕縛する手筈《てはず》であった。むろん木下一郎太の指揮のもとだ。

「おかみさん、坂崎磐音にござる」

「おや、まあ、坂崎様」

と戸を開いたおせんは綿入れの半纏を着ていたが、磐音が背におぶっている娘を見て、

「怪我人ですかえ」

と御用聞きの女房の口調で訊いた。

「そうではない」

磐音が事情を話すと、

「あたしゃ、坂崎様が花嫁さんのような格好の娘をおぶってきたから、てっきり怪我か道行かと思いましたよ」

と少し余裕が出たか、冗談口をたたきながら背からおそめを抱き取り、

「奥で、なんぞ地味な木綿ものに着替えさせますから、お待ちくださいな」

と奥へ引っ込んだ。

磐音はがらんとした地蔵蕎麦の土間で四半刻（三十分）も待ったか。

「お待ちどおさま。なんでも取っておくものだねえ。あたしの娘の頃の着物がおそめちゃんにぴったりだよ」

化粧を落とし、桃割れを解いて深川の長屋の娘の頭髪に結い直されたおそめが、洗いざらしの棒縞《ぼうじま》木綿を着ておせんに従っていた。

「おかみさん、お借りします」

「それでよかったら、普段着に着ておくれな」

おそめが頭を下げた。

磐音が背をおそめに回そうとすると、歩いていけますと気丈にも応じた。

「ならば急いで長屋に戻ろうか。皆も心配しておるでな」

深川六間堀の唐傘長屋には灯りが点って、人の気配がしていた。

磐音とおそめが溝板《どぶいた》を踏んでいくとその物音に気付いたか、小さな顔が覗いた。

「あっ、おそめちゃんが戻ってきた！」

叫んだのは幸吉だ。心配でたまらず宮戸川から唐傘長屋に戻っていたのだ。

「浪人さん、よくやってくれたぜ」

幸吉の声が弾け、母親のおきんが幸吉を突き飛ばすように長屋から飛び出してきて、

「おそめ！」

と娘の体に抱きついて、
わあわあ
声を上げて泣き出した。

磐音が長屋を覗くと、狭い長屋の壁際に悄然《しょうぜん》とした無精髭《ぶしょうひげ》の兼吉がいた。

「浪人さん、吉原会所の若い衆が連れ戻してきたんだ。危うく斬り殺されかけたところを救い出されたんだって」

と幸吉が小声で説明した。

吉原会所支配下の面々が菅沼家の上屋敷の動静を見張っていた。

おそめが下屋敷に連れ出された後、始末するために屋敷の外に連れ出されたところを、会所の手によって助け出されたのだろう。

明日にも四郎兵衛どのに礼を申し上げねば、と考えながら訊いた。

「兼吉どのは懲りた様子かな」

「おっ母さんにこっぴどく叱《しか》られていたからな。おそめの身になにかあったらおまえさんを殺して私も死ぬ、と睨みつけていたもの」

よしよし、と頷いた磐音は、

「幸吉どの、夜も遅い。おそめちゃんの一家だけにしておこうか」

と唐傘長屋から引き上げようとした。するとその気配に気付いたおそめが、

「坂崎様、有難うございました」

と礼を言った。

「おっ母さんの側《そば》でな、安心して休むがよい」

頷いたおそめが幸吉の手を握った。

「幸吉さん、御免ね」

と謝り、幸吉が無闇《むやみ》にうんうんと頷きながら顎《あご》を上下に振った。

翌日、宮戸川でいつもの鰻割きに精を出していると、地蔵の竹蔵親分が目を赤く腫《は》らして姿を見せた。

「坂崎様、ご苦労にございましたな」

「親分の留守におかみさんの手を煩わした」

「そんなことはどうでもいいや。明け方、違糴の勘助らが銭箱を抱えて船で戻ってきたところを、木下の旦那の命令一下、ふん縛りましたぜ」

竹蔵の顔には捕り物の興奮が残っていた。

「笹塚様のもとで、ただ今厳しいお調べが進んでおります。早晩お奉行の牧野様

から御目付に内々にお話があるそうです。まあ、菅沼の隠居は皺腹《しわばら》を切らねえまでも、盆栽いじりでもして余生を寂しく過ごすことになりそうだ」

「当代の菅沼義輝様に傷をつけたくなくば、幼い娘を褥《しとね》に入れて弄《もてあそ》ぼうなんて考えは捨てることだな」

「へえっ」

と答えた竹蔵が、

「勘助の一夜の上がりはいくらだと思いますかい」

「はて、そちらは疎いでな」

「代貸しに担がせた銭箱には、なんと五百七十両二分も入ってたんですぜ。笹塚様が、違糧の勘助の蔵には千両箱が転がっていようと張り切っておられます」

磐音の脳裏に笹塚孫一のほくそ笑む顔が浮かんだ。

「今、唐傘長屋にも寄ってきましたぜ」

「兼吉どのは仕事に出たかな」

竹蔵の浅黒い顔が笑み崩れた。

「さすがに仕事は休んでますよ」

「ひどい目に遭《お》うたゆえ骨休めか」

「ひどい目に遭うのはこれからでさ」

「どうした」

「長屋のかみさん連中が艾《もぐさ》を持ち寄り、今日一日、兼吉は灸攻《やいと》めですよ」

「それは熱かろうな」

「根性が直るまでとことんやるそうですから、ちっとやそっとの……」

「熱さではないな」

「そういうこってす」

おそめの危難は、兼吉への灸のお仕置きで決着が付きそうな気配だった。

磐音は吉原に四郎兵衛を訪ねて、兼吉救出の礼を述べるとともに、おそめを無事助け出したことを報告した。

「菅沼梅翁のご隠居もこれに懲りるといいですがねえ。私の勘では所領地の三河に隠棲させられますな。命があっただけでもよしとしなくちゃなりますまい」

江戸の闇世界に睨みを利かす人物がご託宣した。

菅沼家は参勤交代の習わしを持つ交代御寄合表向御礼衆であったのだ。いかがわしい趣味の隠居にことを起こさせないためには、領地隠棲がいいかもしれぬと磬音は思った。

「白鶴太夫は益々吉原の里に大きな華を咲かせようとしておられます。ご案じなされますな」

と白鶴太夫が磬音の許婚だったことを知る四郎兵衛が言った。

頷いた磬音は今一度四郎兵衛に頭を下げて会所を辞去した。

その帰りに北尾重政の長屋を訪ねたが留守だった。

磬音は差配の大家から筆を借り受け、騒動の解決と礼を書き記して戸口に挟んで帰路についた。

今津屋を訪ねると由蔵が、

「入れ違いでしたよ。中川淳庵先生がたった今お帰りになったところです」

と報告した。

「三日後に長崎から阿蘭陀商館長の一行が江戸入りするそうです。六郷まで迎えに行きませんかと、坂崎様に言伝《ことづて》を残しておられます。今年は長崎屋さんに長逗《とう》留《りゅう》になりそうで大変だ」

由蔵は一行が滞在する本石町《ほんごくちょう》の長崎屋のことを心配した。

「日光社参と重なり、なんとなく江戸じゅうが浮わついてますからね」

「景気がいい話ならよろしいのですが、日光に神頼み家康様頼みの物入り道中です。うちの蔵の金子も見る見る減っていきます」

と由蔵が小声で嘆いた。

随行する大名家や大身旗本ばかりか、幕府御金蔵もすっからかん、商人《あきんど》頼みの日光社参だった。

磐音はふと、

（豊後関前藩は日光社参の金子が用意できたのか）

と案じた。

「あら、来ていたの」

おこんが店に顔を覗かせ、

「おそめちゃんのこと聞いたわ」

「早耳にござるな」

「どてらの金兵衛が心配で、ちょいと六間堀に戻ったのよ」

おこんは先日の見合いの場からさっさと戻ったことで、父親の金兵衛が気落ちしていないかと案じていたのだ。

「から元気かもしれないけど、意外と元気だったわ。孫の顔を見るまでは死なないと威張っていたもの」

おこんが磐音を睨んだ。

磐音はそっと視線を外すと、由蔵にともおこんにともつかず、

「おそめちゃんが落ち着いたら、縫箔屋に案内《あない》してくだされ」

と願った。

「こちらはいつでも構わないわ」

「頼もう」

「夕餉を食べていったら」

とおこんに言われたが、七つ（午後四時）前の刻限だ。

「豊後関前のことが気にかかる。日本橋の若狭屋《わかさ》に立ち寄って近頃の様子を訊いて参ろうと思う」

「どうしてそう他人様のことにばかり気を遣うの」

「性分でな、生涯直りそうにない」

「それが坂崎様のいいところであり、ご損なところでもありますよ。おこんさん、そいつを認めなきゃあ一緒に暮らしていけませんよ」

と老分が二人の仲の進展を唆《そそのか》した。

「それがしはこれで失礼いたす」

磐音の背におこんの溜息が聞こえた。

日本橋の魚河岸と称される本船町と伊勢町の間に間口十七間という大店《おおだな》を構える若狭屋は、蝦夷《えぞ》の昆布で莫大《ばくだい》な身代を築いた商人だ。ただ今の利左衛門《りざえもん》で五代目、江戸の有力な乾物問屋三十四株で作る濱吉《はまよし》組の総代を務めていた。

この乾物屋に豊後関前の海産物を扱ってもらうよう口を利いてくれたのは今津屋吉右衛門だ。そのお蔭《かげ》で、関前藩は豊後から借上げ弁才《べざい》船で江戸に運び込み、国許《くにもと》で売り捌くより何倍か高値で取引できるようになっていた。

「おや、お久しぶりにございますな」

と番頭の義三郎《ぎさぶろう》が磐音を迎えた。

「近頃、藩に無沙汰をしておりまして様子が分かりませぬ。若狭屋様に迷惑をかけておらぬかと聞きに参りました」

「ご心配には及びませんよ。近頃では関前の品がよいと言われる仲買人も出てきましてね、取引も順調です。近々御雇船が江戸に到着いたしますよ」

「それはようござった」

「坂崎様、うちの口利きでな、豊後関前の品を扱うお店《たな》を開く算段が整いましたよ」

「それはありがたい。しかし、武家が算盤《そろばん》を持つわけにもいきますまい」

豊後関前六万石は外様大名で、家臣は将軍家の陪臣ということになる。いくらなんでも二本差しで商いができるわけもない。

「江戸藩邸では中居半蔵《なかいはんぞう》様らが中心になり、何人かを募り、商いに専念させることを考えておいでのようです」

「よき人物がおればよいがな」

「坂崎様、ちとうれしきお知らせがございますよ。いえ、別府《べっぷ》様方の話がつい耳に入ったもので」

「なんでございましょうな」

「国家老坂崎正睦《まさよし》様が、こたびの御雇船に同乗なされて江戸に出てこられるそうですよ」

「なにっ、父上が」

「小耳に挟んだだけでしかとは分かりませんが」

「真《まこと》ならば喜ばしき話だが」

磐音は、もし父が出府するとすれば、江戸での藩の物産直売の現況を知ることと、おそらくは日光社参随行の指揮であろうと推量した。

「もうしばらくすればはっきりいたしましょう。楽しみにお待ちください」

と言って義三郎は、そうだ、と独り言を呟き、磐音に待つように言った。

義三郎は奥から竹籠に入った鯵《あじ》の干物を持ってきた。十枚は入っているようだ。

「鎌倉沖で獲《と》れた鯵の干物です。どうぞお持ちください」

「このように沢山、よいのでござろうか」

「魚河岸の魚勘定は一匹二匹ではなく、一籠二籠が目安です。こんなのは半端ものですよ」

と義三郎が磐音に押し付けた。

「有難く頂戴いたす」

辞去の挨拶をした磐音は、干物を下げて日本橋川に出た。

もやっとした春の夕暮れが川面を覆い始めていた。

磐音は荒布橋を渡り、下駄屋や傘屋が並ぶ照降町《てりふりちょう》を抜けて、大川端へと急いだ。

干物を貰って考えが浮かんだ。久しぶりに飯を炊いて長屋で夕餉を食そうと思ったのだ。早足で深川に戻り着いてみると、井戸端で聞き慣れた声が響いていた。

なんと早足の仁助《にすけ》が、水飴《みずあめ》売りの五作《ごさく》の女房おたねや、左官の常次《つねじ》の女房おし、またちと談笑しながら米を研いでいた。女たちの足元には目にも鮮やかな黄色が広がっていた。菜の花だ。

「仁助、来ておったか」

「坂崎様」

と立ち上がった仁助の手から水がぽたぽたと滴り落ちた。

「ほらね、今日あたりは早く帰ってくると言ったろう。ここんとこ帰りが遅かったからね」

とおたねが胸を張った。

「仁助、なんぞ急用か」

「いえ、中居半蔵様から書状を預かって参りました。藩に異変が出来《しゅったい》したということではございますまい」

と仁助が推測した。

「鎌倉沖で獲れた鰺を頂いて参った。これで一杯やろうか」

磐音は仁助に竹籠を渡した。

「皆さんから菜の花のお浸しを頂くことになっております」

「いよいよもって酒が楽しみな。二匹残して長屋の方に差し上げてくれぬか」

井戸端で菜の花と鰺が交換された。

「坂崎様、中居様の書状は上がりかまちにございます」

「すまぬな、仁助」

磐音は開け放たれた長屋に入ると上がりかまちの書状を取り上げ、部屋に上がった。

行灯の灯りを点して、灯心を掻き立てた。

〈坂崎磐音殿、日頃の無沙汰をお詫び申し候《そうろう》。雑多な藩務に追われての事に御座候。日光社参の路用金の段取りもなんとか目処が付き、江戸屋敷家臣一同安堵《あんど》致し候。

さて春の御用船近々江戸表に到着致し候が、この船に国家老様同乗の事明白になり候故貴殿にお知らせ申し候。近々父子の対面が叶《かな》うは必定、慶賀に候。

正睦様の出府は一に関前藩江戸物産販売の店開きに御座候。

二に日光社参の関前藩の道中に随行なさる事とお伺い致し候。

最後にそれがしの推測に御座るが、正睦様は極秘の任務を負うて出府と愚考致し候。この一件不確かで御座れば、正睦様と対面の上直《じか》にお聞き取り候上ここにお知らせ申し候　中居半蔵〉

とあった。

磐音は最後の極秘の任務について考えが浮かばなかった。

父上に対面した折りに聞くしかないかと書状をゆっくりと巻いた。

二

鎖国策を幕藩体制の基本の一つにおいて国家を護持しようとした徳川幕府だが、唯一つ外国に向かって開かれていた窓があった。

肥前《ひぜん》長崎湊《みなと》であった。

ここには阿蘭陀人と唐人両国の居留地があり、制限されてはいたが貿易に勤《いそ》しみ、外国からの情報を日本に伝える役目を果たしていた。

阿蘭陀商館長は大名の参勤交代に倣《なら》って一年に一度、将軍家へ御礼言上に出府する習慣があった。

その慣習は幕府開闢初期の慶長《けいちょう》十七年（一六一二）に始まり、二年後の慶長十九年と続き、ほぼ毎年恒例になるのは寛永十年（一六三三）からであった。

一行は商館長のほかに外科医を同道することが許され、警備には長崎奉行支配下の役人が当たった。

それは付添検使（与力）を長《おさ》として、同心、町司《まちつかさ》、槍持《やりもち》、大通詞《おおつうじ》、小《こ》通詞など総勢百五十人から二百人の行列を組んだ。まさに大名行列並みの威勢であった。

出立《しゅったつ》は毎年一月の十五日あるいは十六日と決められ、長崎を出た一行は長崎街道を伝って豊前小倉まで陸路進み、下関には船渡りで、さらに瀬戸内を船行して摂津《せっつ》湊に到着した後、東海道を下って江戸入りする。

この行程におよそひと月かかった。

江戸には将軍拝謁《はいえつ》の儀式を含め二十日ほど滞在し、またひと月かけて長崎に戻った。およそ三月《みつき》の長道中であった。

安永五年、この年の阿蘭陀商館長一行の長崎出立は例年通りの一月十五日であったが、道中で少し遅れが出てしまい、江戸入りは三月半ばとなり、例年の二月よりも遅い到着となった。

この日の昼下がり、坂崎磐音は蘭学者の中川淳庵と桂川国瑞に同道して、六郷の渡しで阿蘭陀商館長フェイトと外科医のツュンベリーを出迎えた。

フェイトは明和九年（一七七二）、安永三年（一七七四）と、これまで二度の江戸出府を経験していた。ツュンベリーは初めての出府であった。

一行はすでに川の対岸にあって、長崎から同道してきた長崎奉行支配下の役人と六郷川の川役人が、川渡しの準備を終えていた。

昨夜雨が降ったせいで河原はぬかるんでいた。

春泥の両岸には異国人を見んとする旅人や野次馬が沢山群れていて、それを川役人たちが警護していた。

最初に船に乗せられたのは馬と、商館長ら阿蘭陀人を乗せてきた駕籠であった。長崎から同道してくる付添検使らに与えられた任務は二つ、一つは道中の安全警護であった。もう一つは、商館長らが道中で異教を布教せぬよう見張ることも大切な役目であった。

そのために道中では窮屈にも駕籠に押し込められ、土地の人間と交渉せぬように旅をすることになった。

駕籠は阿蘭陀人の身丈に合わせて大きな乗り物であったが、阿蘭陀人にとっては束縛されることに変わりはなかった。

そんな大きな駕籠がゆっくりと流れを渡ってきた。

「坂崎さん、本日の迎えに桜子様も来たいと申されましたが、なんとか説得して諦《あきら》めてもらいました」

どこか嬉しそうな顔の国瑞が言った。

「どうやら桜子様は、坂崎さんに脈がないと見て国瑞に乗り換えられたようだな」

年長の淳庵が笑って国瑞の言葉に応じた。友同士だから口にできる言葉であった。それに淳庵は国瑞より十二歳も年上で遠慮がない。

「桂川さんと桜子様、お似合いにございます」

磐音も笑みを浮かべて応じた。

「桜子様にはなかなか信用していただけなかったが、ようようお付き合いいただける許しが出ました。それもこれも坂崎さんのご尽力、お礼を申します」

蘭学者にして御典医でもあり、

「桂川家四代は英才」

と評判の国瑞が実に嬉しそうに頭を下げた。

「本日の国瑞はえらく謙虚だぞ」

淳庵が笑った。

国瑞は外科医として覚え高い桂川家の四代としての盛名の他に、類稀《たぐいまれ》なる天才学者、蘭方医としての評判を若くして得ていた。それだけに鼻っ柱も相当なものがあった。

だが、この国瑞が織田桜子だけには頭が上がらなかった。その桜子がようやく国瑞へ関心を向け始めたのだ。

「それにしても分からぬ。なぜあのお転婆《てんば》姫様を連れてこなかった」

さらに淳庵がからかうように言った。

「このご時勢です。商館長の一行に危害を加える者がおらぬとも限りません。そんな争いに桜子様を巻き込むことはできません」

「おやおや、あの姫様なら国瑞よりは確かな腕と見たがな」

淳庵が磐音を見た。

桜子は因幡鳥取藩のお家騒動に絡み、国表《くにおもて》から密使となって江戸に独り旅をしてきた経験があった。

その江戸到着を待ち構えていた反対派の連中が桜子を襲い、密書を奪おうとした。そこへ偶々《たまたま》通りかかった磐音が手助けに入ったのが、桜子と磐音が知り合うきっかけであった。

桜子は若侍に扮《ふん》しての密使に選ばれたくらいだ。気も強ければ、小太刀《こだち》の腕もなかなかのものであった。

「桜子様は武家の嗜《たしな》みは心得ておられますが、争いが推測される場に無闇にお誘いすることもありますまい。国瑞どののご判断、よかったと思います」

「また坂崎さんに乗り換えられても、国瑞が泣くことになるからな」

淳庵がさらに冗談を重ねたが、国瑞は、

「さようさよう」

と鷹揚《おうよう》に受け流した。

それだけ二人の仲がうまくいっているということであろう。

磐音は改めて、桂川国瑞と織田桜子はよき関わりを深めていくだろうと思った。

阿蘭陀商館長と外科医の二人が乗り込んだ渡し船が、六郷の流れのほぼ中央に差しかかっていた。

船に座す異人の様子も見分けられるようになった。

「お元気そうでなによりだ」

淳庵がほっとした声を洩らした。

淳庵は商館長フェイトと顔見知りで、江戸での再会を楽しみにしてきたのだ。

国瑞は国瑞で、外科医にして植物学者のツュンベリーに教えを乞《こ》いたいと手薬煉《てぐすね》ひいていた。

三人は幕府の役人たちが警戒線を敷く河原まで下っていった。だが、その近辺には大勢の見物人が人垣を作り、商館長一行を見ることなどできなかった。

「これでは挨拶もできぬな」

と淳庵が言い、国瑞が、

「お待ちあれ」

と人垣の手薄なところから潜り込んで姿を消した。しばらくすると人垣の向こうから、

「淳庵先生、坂崎さん」

と呼ぶ声がした。

「国瑞め、川役人に知り合いがいると見える」

淳庵が言い、人垣に潜り込んだ。

磐音は気が引けるものを感じながらも淳庵に従い、人垣に割り込んだ。

国瑞は人垣の前、川役人のかたわらに平然と立っていた。

磐音たちが国瑞のそばに行くと、

「御典医の特権をちと利用しました」

と羽織に入った将軍の侍医であることを示す葵《あおい》の紋所を、二人の友に照れたよ

うに見せた。

「そうか、国瑞は葵の紋を背負っておったな」

淳庵が屈託なく笑った。

その淳庵が、今しも渡し船を降りてきた商館長と外科医に異国の言葉で声をかけた。すると商館長のフェイトが淳庵に気付き、手を大きく振った。そして、淳庵のところに歩み寄ろうとしたが、長崎から同行してきた付添役人に止められた。

それでも二人は異国の言葉で何事かを交わし続け、商館長と外科医は再び乗り物に押し込められるように乗り込んだ。

「フェイトどのは元気そうだ、よかった」

と淳庵が言い、

「国瑞、長崎屋を訪ねる約束だけは取り付けたぞ」

と迎えに来た用が済んだことを告げた。

若い国瑞の蘭学の知識はなかなかのものだった。これらの知識は万巻の書物から得られたものであった。だが、会話は淳庵のほうがはるかに達者だったのだ。

行列を組んだ阿蘭陀商館長の一行は、土手を上がって江戸への最後の道を辿っていった。

野次馬が急速に姿を消し、河原には川を渡る人だけになった。

「淳庵先生、どこかで酒など飲んでいきませぬか。喉《のど》が渇きました」

国瑞が言い出し、二人にも異存はなかった。

土手を上がると東海道が延びていた。すでにフェイトの行列は遠くへと去っていた。

「この界隈でなんぞ食べさせて飲ませる、気の利いた店があったかな」

「いっそ品川宿まで行きましょうか、料理茶屋が櫛比《しっぴ》していますよ」

「国瑞、それだ。品川のほうが確かな物が食べられよう。それにほろ酔いでの帰りも楽だ」

三人は急に早足になって品川宿を目指した。

磐音らは南品川宿の妙国寺門前の浜にある漁師茶屋に入った。元々は漁師のかみさん連中が内職に始めたもので、新鮮な魚が売りの店だ。

三人が向かい合った座敷からは、品川の海が青い月光に照らされて見えた。波頭が青白く光り、春潮の浜がなんとも美しく、それが一番のご馳走だった。

三人は酒を酌み交わした。その席上、淳庵と国瑞は本石町にツュンベリーを訪ねて教えを乞う課題を熱心に話し合った。

磐音は二人が我を忘れて話し合う情熱を羨ましく思った。

二人には医学という共通の話題があった。それを深め、習熟することは、万人の病をなくすことに通じる道だった。

高邁《こうまい》な学問が二人をこうも熱くするものか、磐音は羨望《せんぼう》の念で友の話を聞いていた。

「国瑞、ちと耳にしたが、種姫様の麻疹をツュンベリー先生に診せるつもりか」

「先生に触診してもらえば一番よろしいのでしょうが、南蛮の医者が城中に入ることをよしとせぬ方々がおられますからね」

国瑞が困った顔で応じていた。

「旗頭は、漢方医の御典医池原雲伯《いけはらうんぱく》様か」

国瑞は苦笑いしたが、その問いには直に答えなかった。だが、その笑いが肯定していることは明らかだった。

「坂崎さん、国瑞のように将軍家の侍医になるのはなかなかしんどいものでね、まして国瑞の若さでは周りの抵抗が激しい。これで苦労も多いのです」

「おぼろげに推測はつきます」

「この際だ。坂崎さんに聞いておいてもらおうか」

と淳庵が言った。

「池原雲伯の後ろには田沼意次《おきつぐ》様がついておられるのだ」

淳庵の話はいきなり核心に触れた。

「それだけに、雲伯先生は鼻息が荒い。種姫様の麻疹は、正直言ってわれらの手にも、まして漢方医などではなんともならぬ重症だそうです。明日にも国瑞が長崎屋を訪ねて、家治様との正式な対面の前に診察を受けさせる要がある。それしか種姫様が快癒《かいゆ》なされる途《みち》はないのです」

淳庵は言い切った。

「なんとしてもツュンベリー先生の力を借りねばと思っているのですが、城中に巣食う年寄りどもはなかなかうんとは言わぬ。ここが天才医桂川国瑞の苦しいところなのです」

「淳庵先生、なんとしても種姫様にお元気になって頂きたいのです。そのためには反対派の方々とぶつかることも覚悟しております」

と国瑞が言い切った。

「そこだ」

と淳庵が応じた。

「種姫様のこともさることながら、日光社参が心配だな」

若狭小浜《おばま》藩医は新たな話題に触れた。

「どういうことにございますか」

淳庵は磐音の問いに改めて周囲を見回した。漁師茶屋には三人の他に客はいなかった。

「恐れながら家治様の世子家基《いえもと》様に関わることでしてね」

家治と正室の倫子の間に二人の子が生まれたが、いずれも女子であった。千代姫《ちよひめ》と万寿姫《まんじゆひめ》である。このうち千代姫は早世し、万寿姫は尾張家の治休《はるよし》に嫁ぐことが決まっていたが、婚礼の日を待たずにわずか十三歳で亡くなっている。

家治の世子を産んだのは側室のお知保《ちほ》の方であった。

宝暦十二年（一七六二）十月、家治とお知保の方の間に生まれた子は竹千代と名づけられ、竹千代は正室倫子のもとでお世継として教育を施されていく。

明和二年（一七六五）十二月一日、竹千代は名を家基と改め、翌三年には元服して従《じゆ》二位権大納言となった。

明和六年（一七六九）、八歳の家基は西の丸入りした。正式に家治の後継として幕府内外に示したのである。

「家基様は、風聞ではご聡明な若君とお伺いしています」

「英邁《えいまい》な若君と私も聞いています。このことが災いを招こうとしているのです」

「どういうことにございますか」

国瑞は黙って淳庵の話を聞いていた。

「十五歳になられた家基様は近頃 政《まつりごと》に関心を寄せられ、権勢を意のままに振るわれる田沼意次様に不信を抱いておられるそうな。この若君に賛同したのが、意次様にないがしろにされている譜代《ふだい》大名たちだ。そんなわけで田沼様は、家基様が将軍位に就かれることを最も恐れておられる。ただ今、城中では西の丸と田沼派の間にひそかな暗闘が繰り広げられているということです」

淳庵は話を切ると盃《さかずき》に残っていた酒を飲み干した。

「国瑞がどう考えているか知りません。私のように一大名家の藩医ではないですからね。だが、家基様を田沼派が暗殺するという噂を私は危惧《きぐ》しているのです」

「なんということ」

磐音が洩らし、国瑞が、

「よもやそのようなことがあってはなりません、淳庵先生」

と言い切った。

将軍家治の侍医である国瑞は風聞を否定することなく、そのようなことがあってはならぬと答えたのだ。

城中にその動きがあると遠回しに認めたことになる。

「坂崎さん、こたびの日光社参に家基様も同行なさるという話があります。道中、家基様に異変があってはなりません。そのことを私は心配しているのです。むろん国瑞は家治様のおそば近くに随行していくことになる。だが、相手が相手、田沼派、池原雲伯に対して国瑞が孤軍奮闘することになります」

淳庵はそのことを心配していた。

「こたびの種姫様の麻疹治療は、国瑞が主治医として地位を固めるよい機会です。種姫様の麻疹が治癒すれば国瑞の地位も不動のものとなり、日光道中の間、家基様になにかあってもすぐに診察をすることができます」

「淳庵先生、私は一介の蘭学の徒。家基様の治療をする羽目に陥らぬことこそ重要なのです」

国瑞も真剣に答えた。

「坂崎さんにこのような話を聞いてもらったのは、国瑞、なんとか坂崎さんを日光社参に同道してもらえぬかと思うたからだ。むろん私は家基様、種姫様の身を案じている。それ以前に桂川国瑞の命を心配している。これほど稀有《けう》な才能の持ち主が凶刃《きょうじん》に斃《たお》れてはならぬからな」

と淳庵が言い切った。そして、

「国瑞、そなたの供に坂崎さんを加えられぬか」

「それはまた考えられましたね。ですが、私の供ではせいぜい薬箱持ち、しかも薬箱持ちの持田《もちだ》三郎助《さぶろうすけ》は幕府によく知られております」

「そうか、それはちと厄介か」

二人の視線が磐音に集まった。

「中川さん、桂川さん、あなた方の忠心と友情に、坂崎磐音、感服いたしました。ですが、それがしは深川の裏長屋に暮らす浪人にございます。幕府が威光を示す行列に加われるはずもありません」

「国瑞の供ならばと思ったが駄目か」

「うちはすべて幕府に知られておりますから、新しい供を連れていくといってもなかなか許しが得られますまい」

二人が思案投げ首といった顔をした。

「お二方の心配が杞憂に終わるということもありましょう」

「そうであればよいが」

淳庵が呟いた。

磐音はしばし迷った末に、

「中川さん、日光社参の間、先約がありまして、今津屋に奉公することになっているのです」

「それではいよいよ無理だな」

「今津屋には幕府の勘定方に加わり、道中の金銭の出し入れをすべて差配する話がございます」

「幕府の御金蔵では路銀が足りぬか」

と淳庵が頷くように言った。

「そういうことのようです」

「まさか」

と国瑞が磐音を見た。

「それがしは今津屋の後見にございますから、日光社参に同道することが内々に定まっております」

淳庵と国瑞がしばし言葉を失い、淳庵が、

「呆れた！」

と叫んだ。

「坂崎さんもお人が悪い。それを早く言われたら、私もかような熱弁を振るうことはなかったものを」

と嘆いた。

にやり
と笑った国瑞が、

「さて参りましょうか」

と腰を上げた。

三

春朧《おぼろ》の月光が品川の浜と海を照らしつけていた。

ほろ酔いの三人は東海道に出ることなく、しばらく波の音を聞きながら歩いていくことにした。

刻限は五つ（午後八時）前後か、品川宿の料理茶屋やら妓楼《ぎろう》からは灯りが零れていた。

「国瑞、桜子様を同道すればかような風流もできなかったぞ」

酔って声音が高くなった淳庵がそう言うと、朗吟《ろうぎん》でもしようと考えたか、海に向かい腰に手を当てて胸を反らした。その姿勢で固まった。

「夜釣りかな」

月光を浴び、押し寄せる波に乗った二艘《そう》の船が、舳先を品川の浜に乗り上げた。その船から十人ほどの影がぱらぱらと浜に飛び降り、足早に磐音たちのところまで間合いを詰めてきた。

二艘の船には船頭役か、二人ずつ残っていた。二丁櫓の早船で、漁師の舟などではなかった。

「中川さん、桂川さん、ちと油断したようです」

磐音は友二人に注意を喚起しながら、足場を確かめた。

品川宿へと逃げ込むには、足を取られる浜が広がっていた。医師である二人の友は浜を走ることなど適《かな》わなかった。

影たちはそのことを計算済みで、船を乗り上げる場所を決めていた。

磐音は浜に上げられていた漁師舟のかたわらに淳庵と国瑞を誘い、二人を背後に控えさせると、今や半円を描きつつ輪を狭めてきた影と対峙《たいじ》した。

「夜の散策にしては無粋でござるな」

磐音は相手の正体を探るべく自ら問うた。だが、答えは戻ってこなかった。

視線を船に移した。すると船頭役の他にもう一人、頭領らしき者が残っていることが確かめられた。

再び影に目を移した。浪々の集団ではなかった。

袴の股立《ももだ》ちをとり、羽織を脱ぎ捨て、襷《たすき》を掛けていた。中には額金《ひたいがね》を縫い込んだ鉢巻をしているものもいた。

屋敷奉公の若侍のようだ。

「いずこの家中かな」

返事はない。荒い息遣いが若侍の緊張を伝えていた。

一人が片手を挙げ、全員が抜刀した。

磐音は、大名家の道場で共に稽古をする腕自慢の仲間たちかと推量をつけた。修羅場《しゅらば》を潜《くぐ》った凄みが感じられなかったからだ。

磐音はその分、気が楽になった。

相手の動きを見つつ包平《かねひら》を抜いて、峰に返した。

相手の動きを誘うように自ら半円の輪の中に二歩三歩、歩を進めた。

左右の端の若侍がそれに乗った。磐音の背に回り込む動きを見せて、淳庵と国瑞に斬りかかろうとした。

磐音はふいに飛び下がり、元の場所に戻った。

左右から白刃が迫ってきた。

左手の白刃を弾いておいて右手に飛び、したたかに胴を峰打ちで抜いた。

砂浜に転がる若侍には目もくれず左手に走り戻り、弾かれた白刃を構え直して斬り込もうとした相手の腕を叩いた。

剣を取り落とした相手が痛みを堪《こら》えて下がった。

正面から長身の若侍が突進してきた。

磐音に向かってだ。

存分に引き付けた磐音は、八双から振り下ろされる剣に、峰に返した包平を合わせた。相手がひた押しに押してきた。

磐音は力負けしたように見せて下がると半身に開きつつ、片足で相手の両足を払った。

勢いづいていた相手は砂浜に顔から突っ込んで倒れた。

残った若侍の輪が縮まった。

「腕試しならばもうよかろう。そなた方の相手をしておられるのは、神保小路佐々木玲圓門下の俊英坂崎磐音どのだぞ。居眠り磐音どのが鬼と変わらぬうちに引き上げなされよ」

淳庵が機先を制するように叫んだ。

残った若侍たちの間に動揺が走った。佐々木道場の名に怯えたか、磐音が同行していることに困惑した様子だ。

刺客が逡巡《しゅんじゅん》しては、暗殺の企ては失敗したも同然だ。

櫓が船縁《ふなべり》を叩くように鳴り響き、若侍たちは倒れた仲間を連れて船に戻っていった。

浜には抜き身が一本だけ残された。

磐音は船が浜から海へと押し出されるのを見ながら包平を鞘に戻した。そして、浜に落ちていた抜き身を拾うと月光に翳《かざ》してみた。

刃渡り二尺四寸ほどか。

名ある刀鍛治《かじ》の作刀と思えた。

磐音は懐から手拭いを出すと抜き身に巻いた。後日の証《あかし》に持参しようと考えたのだ。

「酔いが覚めました」

国瑞が興醒《きょうざ》めした声を洩らした。

「坂崎さんが狙いでないのは確かだ。国瑞か、われら二人が狙いのようだ。となると池原雲伯の息がかかった者だぞ」

淳庵が呟き、国瑞が頷いた。

「おそらくあの者たちも阿蘭陀商館長の川渡しを見に行き、われらに気付いたものでしょう」

「まさかツュンベリー先生を襲うことはあるまいな」

「阿蘭陀商館長一行は幕府が招いた国使ですからね」

磐音が答えた。

若侍らには、淳庵と国瑞の命を絶つという絶対的な使命感が欠けていた。船に残った頭領は、偶々《たまたま》六郷河原で見かけた二人の蘭方医に怪我を負わせるか、あるいは後日のために腕前を試させる程度の思惑があったのではないか。

磐音はそう推測した。

「ともあれ東海道に上がり、品川宿で駕籠を拾って戻りましょう」

磐音の言葉に淳庵が、

「われらがあのような者を招き寄せるのかのう。とにかく坂崎さんと一緒にいる時は必ず白刃に囲まれるぞ。大いに迷惑だ」

と言いながらも、その声はどこかしら嬉しそうに響いた。


翌日、宮戸川の鰻割きの仕事を終えて佐々木道場に向かった。

まず師範の本多鐘四郎と打ち合い稽古で体を動かし、最後には痩せ軍鶏《しゃも》の松平辰平《まつだいら》ともう一羽の軍鶏の重富《しげとみ》利次郎を相手に汗をかいた。

二人とも佐々木道場では新参の若い弟子で、それだけ張り切っていた。

磐音を相手に一本でも多く稽古をつけてもらおうと頑張るものだから、磐音もつい張り切ってしまった。

稽古を終え、井戸端で二人の若い弟子と汗を流していると、鐘四郎が、

「坂崎、先生がお呼びじゃぞ」

と告げに来た。

磐音が稽古着から普段着に着替えて奥に向かうと、玲圓と茶を喫しながら話し

ていた速水左近が、

「坂崎どの、過日、勘定奉行の太田正房どのに会うた。日光社参の間、そなたは太田家の家臣ということで随行することが決まった。そなたが町人姿ではなく両刀を佩《は》して随行するための方便じゃ。今津屋の後見として幕府の出納方を助けることに変わりはない」

と言った。

磐音は黙って頭を下げた。もはや磐音がなにを言ったところで抗いようもないのだ。

「速水様にちとお伺いしたき儀がございます」

「なんだな」

磐音は昨日の騒ぎを家治の御側衆の速水に話した。

「なにっ、御典医の桂川甫周どのが襲われたと申すか」

「中川淳庵どのもご一緒でしたゆえ、お二人が狙われたとも考えられます」

「磐音、刺客の正体は見当がつくのか」

玲圓が訊いた。

「大名家か大身旗本の屋敷奉公の者と思えます。桂川どのはツュンベリー先生を伴い、今日にも御城に上がり、麻疹にかかっておられる種姫様の診察をなされるとか。そのことに反対なされる勢力かと思いますが、推測にすぎませぬ」

「御典漢方医の旗頭は池原雲伯どのだな」

速水が即座に返答した。

「中川、桂川両先生も、そのへんの関わりかと推測しておられました」

「となると厄介なことよ。雲伯の背後には老中田沼意次様が控えておられる」

速水の顔が曇った。

「刺客の一人が残していった抜き身は、刃渡り二尺四寸一分和泉守兼定《いずみのかみかねさだ》にございました」

磐音は昨晩桂川国瑞を屋敷まで送っていったとき、柄《つか》を外して銘を調べていた。

「ほう、それなりの家柄の子弟の持ち物じゃのう」

磐音が頷く。

「その抜き身、どこにある」

「夜分抜き身を持ち歩くのも剣呑《けんのん》な話にございますれば、桂川家に預けて参りました」

「よし、その兼定、それがしが預かろう」

「ならば後刻お屋敷にお届けに上がります」

速水が頷いた。

佐々木道場から駒井小路の桂川国瑞の屋敷に立ち寄った。国瑞は本石町の長崎屋に出かけていたが、布に包《くる》まれた和泉守兼定を受け取り、その足で表猿楽町《さるがくちょう》の旗本三千石速水左近の屋敷に回り、用人に抜き身を届けた。

今津屋に立ち寄ったとき、すでに八つ（午後二時）を回った刻限だった。

「いよいよ阿蘭陀商館長が長崎屋に到着なされたそうですな」

と由蔵が言った。

「宮松《みやまつ》を使いに出したら、長崎屋の前をわざわざ通ったらしく、野次馬が凄い数だったと、道草を食ったことを忘れて告げに参りました」

「昨日、六郷の渡し場まで、淳庵先生と桂川先生の供で出迎えに行ってきました。お二人は今日から南蛮の医学を勉強するために、長崎屋に日参なさるそうです」

「あれだけえらい先生方が阿蘭陀人の医師に教えを乞いに参られますか」

「なんでもわが国の医学と南蛮のそれとでは雲泥《うんでい》の差があるとか。ツュンベリーとか申されるお医師から一つでも多くの知識を学ぶのだと、張り切っておられます」

二人の声を聞きつけたか、奥からおこんが姿を見せた。

「なんだか走り回ってきた様子ね」

「宮戸川から佐々木道場、桂川家から御側衆の速水様のお屋敷と、飛脚のように飛び回って参った」

「呆れたものだわ」

と答えたおこんが、

「老分さん、奥に茶を出したところです。台所に参られませんか、甘い物もありますよ」

と店先に客の少ないのを確かめて言った。

甘い物には目のない由蔵だ。

「一息つきますかな」

刻限も刻限、今津屋の広い台所もなんとなくのんびりしていた。竈《かまど》に載せてあるのは大釜《おおがま》で、湯を沸かしているようだ。

奥から金槌《かなづち》の音が響いてきた。

「お佐紀様をお迎えするために奥の造作を変えているのです。明日からは建具屋も入ります」

おこんが奥に茶を出したと言ったのは、大工たちのためのようだ。

「巴《ともえ》屋さんの大福があるわ。お二人さん、お上がりください」

「これは美味《うま》そうな」

由蔵と磐音は茶を飲む前に大福を一つずつ食べた。それからおこんの淹れた茶を喫した。そんな二人におこんが二つめの大福を差し出した。二人して同時に手を出した。

「先ほど佐々木道場で御側衆の速水様より、それがし、勘定奉行太田様の家臣の身分で日光に随行するという話を聞かされました」

「お上もいろいろと知恵を絞られますな。旦那様方は本日も太田様方と話し合いを持っておられますゆえ、旦那様もその話を聞かされることになりましょうかな」

「老分さん、坂崎さんは今津屋の後見をするんじゃないんですか」

「おこんさん、勘定奉行のご家来になるのは方便、それがしが老分どのとともに動くことに変わりはござらん」

「なんだ、そんなことか」

磐音は二つめの大福を、今度はゆっくり茶と一緒に食べた。稽古で汗を流し、その後に歩き回った体に大福がなんとも美味だった。

「これからなにか用事があるの」

おこんが無心に大福を食べる磐音に訊いた。

「本日はござらん。御用ならばなんでもいたします」

「御用はないけど、旦那様も夕餉までには戻られるわ。夕餉をご一緒にしていって」

「それはかたじけないお誘いにござる」

と答えた磐音は思い出していた。

「国許からのこたびの御雇船に同乗して、父上が出府されるのです。今津屋様にも挨拶に伺うことになろうかと思いますが、その節はよろしくお願い申します」

「まあ、大変だわ。坂崎さんのお父上が江戸に見えられるの」

おこんがなぜか慌てた。

いつもの落ち着きをなくしたおこんを、由蔵が笑みを浮かべた顔で見ながら、

「おこんさんでも慌てることがあったか。なあに、でんと構えていればよいことですよ」

「老分さん、そう言われても私、どうしましょう」

いつまでも狼狽《ろうばい》するおこんをよそ目に、

「何年ぶりのご対面ですかな」

「三年ぶりにございます。こちらは勝手に屋敷を出た身ゆえ、父上が対面をお許しになられるかどうか」

だが、中居半蔵の書状には、正睦は極秘の命を負うて江戸に出てくるとも記してあった。となれば面会は想定してのことであろう。いろいろと迷う磐音に由蔵が言った。

「お父上が江戸に出てこられる大きな理由は、間違いなく坂崎様との面会にございますよ。いや、待てよ！」

大きな声を上げた由蔵に磐音が訊いた。

「どうなされましたな」

「お父上の御用は、坂崎様が坂崎家にお戻りになるよう説得なさるためではございませぬか」

磐音は思いもかけない由蔵の考えに言葉が詰まった。

おこんの顔色がさっと変わった。

「国許に戻って坂崎家を継ぐの」

おこんはいよいよおろおろとした。

「老分どの、おこんさん、それだけはまかり間違ってもございません。一度《ひとたび》家を捨てた者が、そう易々と屋敷に戻れるほど武家方は容易《たやす》くございません。またそれがしも深川に住まいながら、江戸暮らしを続けていきます」

「ほんと、間違いないのね」

おこんが磐音に念を押した。

「間違いござらん」

磐音が何度も同じ言葉を繰り返して、ようやくおこんは落ち着きを取り戻した。

おこんが奥に姿を消した。大工たちに出した茶碗《ちゃわん》や急須を下げるためだ。

「おこんさんは父親の金兵衛さんの体面よりも坂崎様への思いを大事にして、見合いの席に顔を出さず戻ってきたのです。それほど坂崎様への思いが強いというわけだ。ここで坂崎様が豊後関前に帰られたらと思うと、いても立ってもいられぬのですよ」

由蔵が磐音の決断を迫るように言った。

「そう言われても」

「坂崎様が操を立てているうちは、おこんさんの思いも通じませぬかな」

「困りました」

おこんが空になった急須や茶碗を盆に載せて台所に戻ってきた。

「職人衆は仕事を始められたのであろうか」

「納戸《なんど》の棚を作ってるわよ」

「見て参ろう」

磐音は幼い頃から、大工や左官、職人衆が仕事をしている光景を見るのが好きだった。

鉋《かんな》の上から薄くひょろひょろ延びる鉋屑《くず》の動きを見ていると、あっという間に一日が過ぎ去った。十歳になった頃は、武士の家ではなく、大工の倅に生まれてくればと真剣に思ったものだ。出入りの棟梁《とうりょう》にそのことを訴えると、

「若様、人には天が定めた生き方というもんがごぜえます。大工の子は大工に、お侍様の嫡男はお侍様になるのが天の定めた道なんで」

と諭された。

だが、磐音は天が定めた道を踏み外して別の道を歩んでいた。それがまた元の鞘に納まるわけもない。今の暮らしを、生き方を全うしようと、磐音は廊下を歩

きながら心に誓った。

磐音の視界に、職人たちが白木の板を削る懐かしい光景が入ってきた。

その昼下がり、磐音は縁側に腰を下ろして職人の器用な手先を見ながら、至福の時を過ごした。

四

吉右衛門が疲れた表情を顔に滲ませて戻ってきたのは、大工たちが仕事を引き上げてから半刻（一時間）以上が過ぎた刻限だった。すでに今津屋は店仕舞いを始め、小僧の宮松たちが浮き浮きとした顔で表の掃除をしていた。

「お帰りなさいませ」

奉公人たちの声におこんが台所から店へと走った。

磐音は台所に控えていた。

かたちばかりの後見、それも二本差しの浪人が大店の店先をうろうろするのは決して見よいものではない。吉右衛門が奥に落ち着いてから挨拶に出ようと考えたのだ。

奥に向かう主に由蔵とおこんが従ったようだ。

台所に振場役の番頭新三郎が顔を見せ、

「い、い、おきよさん、白湯《さゆ》を貰えませんか。喉が渇いた」

と声をかけた。

「ご苦労にござった」

磐音は、新三郎が吉右衛門の供をしたのかと、その服装から察して声をかけた。

「後見がいらっしゃるとは気付きませんでした。ただ今戻って参りました。城中はなんとも気を遣うものですね」

と答える新三郎に、勝手女中の姉さん株のおきよが適度に冷ました白湯を運んできた。

「ありがとう」

新三郎は喉を鳴らして飲んだ。よほど緊張したとみえる。

「私も、来月の日光社参のお供を命じられました。後見、よろしくお願い申します」

「新三郎どのも同道されるか。それは心強い」

頷き返した新三郎は外出の仕度を店着に着替えるために、店の二階へと上がっていった。

おきよが奥への茶の仕度を整え終えた頃合い、おこんが戻ってきて、

「坂崎さん、どうぞ奥へ移って」

と命じた。

今津屋の庭には夕闇《ゆうやみ》が訪れ、ようやく咲き始めた八重桜がぼうっと薄闇の一角に浮かんでいた。

吉右衛門は羽織と袴を脱いだ小袖だけの姿で文を読んでいた。そのかたわらでは由蔵がその様子を見詰めていた。

磐音とおこんが廊下に控えた様子に吉右衛門が顔を上げ、

「お佐紀さんがな、小田原から干物を送ったそうな」

と言いかけた。文はどうやら小田原の脇本陣小清水屋の娘お佐紀からのもののようだ。

「お佐紀様にはお変わりございませんか」

由蔵が訊いた。

「跡取りになる弟御に小清水屋の諸々を教え込もうと、忙しい日を過ごしておられるらしい。日光社参が無事に終わりますようにと、こちらのことまで気を配っ

た便りです」

吉右衛門は文を巻き戻しながら、どことなく疲労の滲んだ顔に喜色を漂わせた。

磐音たちは、お佐紀の文が吉右衛門の励みになっていることを嬉しく思った。

「まだ干物は届いておりませんが、相模灘《さがみなだ》の魚、楽しみにございますね」

おこんは熱い茶を吉右衛門に供しながら応じた。

「旦那様、日光社参が無事に終わりました暁には、小田原へ骨休めに行かれませ」

由蔵が言い、おこんが、

「それはいい考えだわ」

「箱根の湯に、湯治《とうじ》がてら参りますかな」

吉右衛門もそう応じた。おこんが、

「夕餉の膳はいましばらくお待ちください」

と台所へ姿を消した。

奥座敷に男だけが残った。

「江戸の両替商六百軒で十五万両の金子を用意する目処が、ようやく立ちました」

「ご苦労にございましたな」

由蔵が答え、磐音も頷いた。

「札差《ふださし》の組合にもその半額の金子が命じられておりますが、あちらは近年の不作続きもあり苦労なされているようだ。ともあれ社参道中の路銀の手当てが終わりました」

「うちは割り当て金の目処が立っておりますが、金子集めにご苦労なされておられる両替屋もある。あとは実際の金子の集まり具合ですな」

「老分さん、そちらはお願いしますよ」

政の時は終わって、商いに事が移り、由蔵が乗り出す番になったのだ。

「承知しました」

吉右衛門の顔が磐音に向けられた。

「坂崎様は速水様からお聞きになったそうな」

「勘定奉行太田様の家臣として同道する一件にございますか」

「坂崎様もお忙しいことですな。今津屋の後見かと思いきや、身分は太田様のご家来という。あちらでもこちらでも頼りにされておられるということです」

「さようでしょうか」

「坂崎様、煩わしいこととは存じます。ですが、若いうちの苦労は買ってでもせよと申しますからな、坂崎様が先々大きくおなりになるためにここで汗をかいておいてくだされ」

「今津屋どの、そう若くもございませんが」

と磐音が答えたとき、店が急に騒がしくなり、
ぴーん
と張った緊張の気配が奥まで伝わってきた。かといって血腥《ちなまぐさ》い騒ぎとも思えない。

磐音は包平を引き寄せ、店に行くかどうか迷った。すると足音が響いて、奥座敷の廊下に顔を見せたのは支配人の林蔵だ。

「旦那様、老分さん、御側衆速水左近様が、こちらに坂崎磐音様がおいでならお目にかかりたいとお立ち寄りにございます」

磐音がどうしたものかと迷う間に吉右衛門が由蔵と目配せを交わし、

「支配人、こちらにお通しなされ」

と命じると、自らも出迎えに立つ様子を見せた。

「今津屋どの、老分どの、それがしの御用で今津屋様をお騒がせしてよいもので

しょうか」

「坂崎様、速水様の訪《おとな》いもそなた様だけの御用ではありますまい。言わば日光社参の今津屋同様、とばっちりの御用と申せばよいか、私も速水様にご挨拶を申し上げたいでな。かまいませぬよ」

と鷹揚にも許しを与えた。

林蔵と一緒に店に戻った由蔵が、速水左近を案内して奥座敷に戻ってきた。

「城下がりの道々ふと気付いた。坂崎どの、そなたが今津屋に立ち寄っているのではないかとな。勘が当たった」

にっこりと笑みを浮かべた左近は継裃《つぎかみしも》姿だ。

磐音は座敷の端に平伏して迎えた。

「今津屋、初にお目にかかる。本日は突然の訪問じゃが、上様御側衆速水左近ではない。坂崎どのの剣の兄弟子として応じてくれぬか」

と気さくに言いかけた。

速水は家治の御側衆の一人だが、中でも実権を持つ御側御用取次《おそばごようとりつぎ》という役目に任じられていた。七人ほどの御側衆を束ねる御側御用人の補佐役で、家治と直に話せるゆえにその力は巨大で、時に老中、若年寄をも凌《しの》いだ。

「速水様、掛け違ってお目にかかる機会もございませんでした。うちの後見が日頃お世話になっております」

と吉右衛門が応じた。

そんな二人の挨拶に、堅苦しい雰囲気が一気に和んだ。

「今津屋、日光社参では無理を聞いてもろうた。相すまぬことだ」

速水が頭を下げ、

「ただ今も老分と後見に報告したところですが、なんとか路銀の目処が立ちましてございます」

おおっ、と喜びの声を洩らした速水が、

「家治様もひと安心なされよう、明日にも早速申し上げる。情けなきことに、威光を誇るべき日光社参が幕府の懐具合の実態を曝《さら》け出した。道中が終わるまで頼むぞ」

「お互い気苦労にございますな」

主と訪問者の挨拶が終わり、速水の視線が磐音に向けられた。

「この場なれば話してよいか」

速水が磐音に問うた。

「朝方の一件にございますか。今津屋どの、老分どのには却《かえ》って迷惑かと存じます」

「後見、なんぞ別の騒ぎですかな」

由蔵が興味津々に身を乗り出してきた。

仕方なく磐音は、昨夜、品川の浜で起こった騒ぎを告げた。

「後見はほんに忙しゅうございますな」

話を聞いた吉右衛門が呆れたように磐音を見た。

「坂崎どの、桂川甫周と中川淳庵の二人を襲った連中の一人が残していった和泉守兼定だがな、老中田沼意次様のご近習《きんじゅ》に林市太郎助《はやしいちたろうすけ》と申す者がおる。この林家、田沼様のお父上意行《おきゆき》様が紀州藩士時代からの家臣でな、市太郎助も老中の信頼厚き一人じゃそうな。こやつが自慢の差料《さしりょう》が和泉守兼定というのが判明したで、身辺を探らせた」

速水は早速に動いた様子だ。

「今朝方、田沼屋敷に池原雲伯御典医の弟子が呼ばれ、打ち身の治療をした家臣が数人いるということが分かった。その中に市太郎助も入っておるばかりか、本日は自慢の差料ではないことが分かった」

速水の行動の迅速さは、田沼屋敷にすでに密偵を潜り込ませていることを意味してはおらぬか、と磐音は漠然と思った。

「家治様が蘭方医を重用なさることに反対の漢方医派、池原雲伯様の背後に、田沼意次様のご意志があると考えてようございますな」

「まずそう考えるのが順当であろう」

速水の顔から先ほどまでの和やかさが消えていた。

「どうしてまた田沼様は、蘭方に詳しい桂川様方をそれほどまでに毛嫌いなさるのでしょうな」

由蔵が呟くように訊いた。

「まず、若き桂川甫周が家治様ご寵愛のご養女種姫様の麻疹治療をするのが気に入らぬのだ。これを機に蘭方医が城中で実権を持つことを大いに警戒しておられる」

速水はしばし言葉を切った後、

「家治様の世子家基様はご聡明な若君でな、この家基様が桂川甫周を西の丸に招き、南蛮事情を進講させるという話が出たことがある、最近のことだ。それを田沼様が、南蛮事情に偏るのは将軍家お世継ぎとしては穏当ではないと反対して潰れた経緯《いきさつ》がある。家基様は、田沼様ご本人にも改革にも大いに不満を抱いておられるのだ。老中田沼様、漢方御典医の旗頭池原雲伯らが一番恐れているのが、この家基様の御世が到来することなのだ」

と城中事情を告げた。

「坂崎どの、今津屋、このような話をそなた方に聞かせたは、日光社参に西の丸様ご同行が決まったゆえじゃ。なんとしても日光社参を無事に果たし、家治様、家基様父子、恙無《つつがな》く江戸にお戻りいただかねばならぬ」

家治御側衆としては、無事に西の丸に将軍家を渡す役目を負っていた。それゆえ磐音らに暗に家基の将軍就位を見守ってくれと頼んでいた。

「ちと内情を話したは、そういう意味を含んでおるのじゃ」

磐音はただ頭を下げた。

廊下に足音がして、膳部が運ばれてきた。

「速水様、本日は後見と一緒に酒を酌み交わそうと考えておりました。よい機会にございます。町方の酒席にお付き合いいただけませぬか」

と吉右衛門が言い、速水が、

「なにっ、身どもも同席せよと申すか」

と顔を笑み崩した。

御側衆速水左近の拝領屋敷は表猿楽町にあった。

速水は今津屋で思わぬ歓待を受け、一刻半（三時間）も楽しい時を過ごしたことを思い出しながら乗り物に揺られていた。

家治の信頼厚き御側御用取次は誘惑の多い職階であった。猟官運動の大名、大身旗本、御用を賜りたい商人らが次々に屋敷を訪れ、頼みごとをした。

速水は屋敷へのこのような訪問を一切許さなかった。それでも金品を置いていくものには早々に返しに行かせた。近頃では、

「表猿楽町の速水様を籠絡するには剣術の相手をするしかあるまい」

という冗談が城の内外で噂されているほどだ。

それだけに表で酒を飲むことなど絶えてなかった。それが今津屋の奥座敷で、剣の話題から今津屋吉右衛門の見合い話と、酒を楽しみながら談笑して時を過ごしたのだ。

（なんとも和やかなことであったわ）

速水は坂崎磐音が、

と聞いていたが、かたちばかりと思っていた。ところがどうしてどうして今津屋内で信頼され、商いのことから奥向きまで相談を受ける立場にあることを嬉しくも驚きの目で見てきた。

今津屋が日光社参に磐音を加えることを強く主張するはずだ。それにしても吉右衛門の再婚の相手まで老分の由蔵と磐音がお膳立てをしていたとは、驚きの一語に尽きた。

それに今津屋の行き届いた配慮はどうだ。

供の者たちを、暖簾を下ろした店に入れたばかりか、

「奉公人の食するものにございますが」

と断って夕餉を食させていた。

乗り物ががくんと停止した。

「どうしたな」

速水左近は訊いた。

「殿様」

速水家の近習の村田《むらた》新六《しんろく》の声が緊張していた。

「今津屋の後見」

「開けよ」

乗り物の戸が開かれた。小者《こもの》の一人が草履を揃え、速水は乗り物のかたわらに立った。

今津屋からの戻り道、一行は神田川を遡って柳原土手《やなぎわらどて》沿いに筋違橋《すじかいばし》御門から表猿楽町へ向かおうとしていた。

柳原土手でも一番寂しい一帯に差しかかり、乗り物が停止していた。

速水はその理由を知った。柳原土手に立つ銀杏《いちょう》の大木の枝から首吊《くびつ》り死体がぶら下がって、一行を塞《ふさ》ぐようにしていた。

その下には速水家の家臣の一人が立ち、提灯の明かりで確かめていたが、足早に戻ってきた。

「殿様、ちとご検分を願います」

「うーむ」

と答えた速水は家臣に従った。

村田新六が速水左近の拝刀を持って従った。

提灯の灯りに首吊り死体が照らされた。顔に灯りが当たった。

「なんと、中間の勝造《かつぞう》か」

速水の身が引き締まった。

田沼意次の屋敷に密かに入れていた密偵の勝造が、首吊りをしていた。即座に、

（いや、違う）

と思った。

速水は磐音が届けた和泉守兼定の持ち主調べを、田沼屋敷に潜り込ませていた勝造に命じていた。その勝造の探索を、老中田沼家では察知したのではないか。

報復のために殺され、速水が通る柳原土手に吊るした。

速水左近が辺りを見回した時、闇から刺客の影が浮かび出た。

「新六、刀を」

「はっ」

新六が主の刀を差し出し、自らも柄に手をかけた。

「家治様御側衆速水左近と知ってのことであろうな」

速水が誰何《すいか》した。

無言の刺客は十数人ほどで、左近主従三人と乗り物一行を分断しようと素早く動いた。

「江戸城近くで胡乱《うろん》な行動をなすものよ。直心影流佐々木玲圓道場の腕前を見せ

てくれん」

速水が一歩前に出た。それを警護するように村田新六も歩を進めた。

刺客の輪から一つの影が抜け出た。

身の丈は五尺八寸ほどだが、堂々と腰が据わった様子から、並々ならぬ腕前の剣客と知れた。五体から醸し出す雰囲気は大名家の家臣のそれではなかった。

剣で修羅場を生き抜いてきた遣い手と左近は悟った。

「そなたの名は」

「中条流寿福寺兆竿《ちゆうじようじゆふくじちようかん》」

とだけ答えた相手が剣を抜いた。

中条流は正式には中条流平法という。

戦国時代、中条兵庫頭長秀《ひようごのかみながひで》が創始した剣法だ。

文和《ぶんな》三年（一三五四）、父の所領を継いで挙母《ころも》城主になった長秀は文武に優れ、念《ねん》流刀剣を学んだ後、一派を創始していた。

「殿、それがしが」

と村田新六が命を捨てる覚悟で前に出ようとした。

「新六、そなたが手に負える相手ではないわ」

速水も決死の覚悟をした。

「お待ちくだされ」

柳原土手に長閑な言葉が響いた。

刺客たちが動揺し、その隙にするりと間合いの中に入ってきた影があった。

「坂崎どのか」

「速水様、ちと気になりましたゆえ、影警護をしておりました」

「助かった」

速水が正直にも答えた。

「速水様のお手を汚す相手ではございませぬ。それがし、弟弟子が代役を相務めます」

磐音は寿福寺兆竿と向き合った。

速水らが数歩下がった。

「御府内《ごふない》を騒がしてはなりませぬ。お引きくだされ」

磐音は言いつつ、兆竿との間合いを計った。

一間半。

すでに相手は剣を抜いて、右手一本に下げていた。

無言のままにその剣が上がった。柄が両手で保持され、頭の上に垂直に立てられた。

磐音が初めて対峙する構えだ。そしてその分、腰が沈んだ。

ふうっ
と息を吐いた寿福寺兆竿は巌《いわお》のような磐石《ばんじゃく》の構えで停止した。

磐音はただ立っていた。

春風の岸辺で水温む流れを見詰めるように立っていた。

兆竿の剣が二度三度とゆるやかに天を突き、気配もなく間合いを詰めてきた。

一撃必殺の怒濤《どとう》の据物斬《すえものぎ》りだ。

磐音は巌のような兆竿が動き出した瞬間、踏み込んでいた。

春風が殺気を帯びて、鬼と化していた。

踏み込みつつ、包平二尺七寸を解き放った。

兆竿の据物斬りと磐音の胴打ちが阿吽《あうん》の呼吸で交錯した。

速水左近は思わず半歩前に出て、二人の刃の激突を見た。

兆竿の上段からの斬り下げが磐音の肩口に届こうとした直前、光に化身して円弧を描いた包平が兆竿の胴を深々と抜いて、横手にふき飛ばしていた。

げえぇっ

柳原土手に絶叫が走り、刺客たちの身が戦慄《せんりつ》した。

車輪に回した包平が胸元に引き付けられ、

「次なるお相手はどなたか」

という厳しい声が刺客に向けて言い放たれた。

闇の一角から退却を命じる呼子《よびこ》が鳴り、刺客たちは痙攣《けいれん》する寿福寺兆竿を見捨てて闇に没した。

「坂崎どの、助かった」

速水左近の安堵の声が磐音の背に響いて、暗闘の一幕は終わりを告げた。

第四章　正睦の上府

一

その朝、宮戸川の仕事をいつもより早く上がった磐音は一旦長屋に立ち寄り、用意していた衣服を抱えて六間湯に回り、糠袋で顔や手を丁寧に擦《こす》り上げて、鰻の生臭さを洗い流した。たっぷり湯に浸かり、

（そういえば金兵衛どのと朝湯で会わぬな）

と考えていた。

おこんの見合いがうまく立ちゆかぬ仕儀に至って、どてらの金兵衛は気落ちしていた。

（なんとか元気を取り戻してもらわねば……）

と考えてみたが、おこんの話題は持ち出せない。どうしたものかと考えながら湯から上がり、用意していた真新しい下帯をつけ、小袖を身に纏《まと》った。

「おや、お侍さん、今日は長湯だったと思ったら、えらくおめかしだねえ。件の姫君と逢引《あいびき》でもする気かえ」

番台からおかみのお良《よし》が声をかけてきた。

「それがしか。いかにも娘御との逢引にござる。じゃが織田様の姫様ではござらぬ」

過日、織田桜子は六間湯にご大層な行列を揃えて乗り付けたことがあった。この界隈では評判の椿事だった。

「おや、別口かえ。なかなかやるじゃないか」

「唐傘長屋のおそめちゃんが猿子橋で待っておるでな」

「なんだ。相手はおそめちゃんかえ」

「奉公先を見物に行く付き添いにござる。今津屋のおこんさんも一緒だ」

「それは大事な役目ですよ。兼吉さんがまた悪い考えを起こさないうちにさ、いい奉公先を決めておいでな。頼んだよ」

「相分かった」

と胸を叩いた磐音は着流しの小袖の腰に大小を差し落とし、仕事着と手拭いを一抱えにして手に持った。

「春めいた小袖がよく似合ってるよ」

と世辞に見送られて六間湯を出た。

柳原土手の騒ぎ以来、二日ばかり経ったが、速水左近には会っていない。道場の稽古にも顔を見せないということは日光社参の仕度に追われているということだろう。

師匠の玲圓には、速水が刺客に襲われた経緯《いきさつ》は報告しておいた。しばらく沈思した玲圓は、

「いよいよ田沼意次様は家治様亡き後のことを考え、策動を始められたか。なんとも不忠の臣かな」

と嘆息したものだ。

佐々木家は元々幕臣だ。

なぜ禄《ろく》を離れたか磐音は知らなかった。

だが、幕臣を辞すにあたって拝領屋敷が下げ渡された経緯に鑑《かんが》みれば、なにかよほどの事情が介在してのことであろう。

佐々木玲圓は今も自らを幕臣と考え、将軍家の家来衆を多く門弟に抱え、技と心構えを伝授していた。

「速水様はこれで老中田沼様と敵対することになったな。磐音、田沼親子の専横をいつまでも許してはならぬ。なんとしても速水様のみならず家基様のご身辺にも気を配るのじゃぞ」

と幕臣でもない磐音に命じたものだ。

六間堀に架かる猿子橋には、こざっぱりした袷を着せられたおそめが待っていた。

「坂崎様、本日はよろしくお願い申します」

頷いた磐音は、

「待たせたな。この荷を長屋に置いてくるでな、暫時待ってくれ」

と言い残すと金兵衛長屋の路地に駆け込んだ。するとどてらを着た大家の金兵衛が、万年青《おもと》の鉢を手にどこか気の抜けた様子で立っていた。

「金兵衛どの、お元気がないようだが」

「なんだかねえ、急に歳を取ったようですよ。この分なら孫の顔を見る前にばあさんのお迎えが来ますよ」

「なにを申される。金兵衛どのはまだお若い。とにかくしっかりと四軒の長屋の差配をしてもらわねば。このご時勢、長屋に厄介な住人が住み込まぬともかぎりませんぞ」

磐音は元気付けようと激励した。

「それはそうでしょうが、近頃腹に力が入りません」

金兵衛は力のない溜息を一つついた。

「大家どの、近々宮戸川にお招きします。鰻の蒲焼でも食べて精をつけてくだされ」

「鰻の蒲焼ねえ。それより孫の顔が見たいねえ」

磐音は返す言葉を失い、長屋に仕事着を置いて堀端に戻った。

「参ろうか」

肩を並べた磐音とおそめが六間堀を北に向かうと、二つ先の北之橋の袂に幸吉の姿があった。

「そろそろ通りかかると待ってたんだ。浪人さん、よろしく頼むぜ」

「おこんさんが一緒だ。心配はござらぬ、幸吉どの」

深川暮らしの師匠に丁寧に答えると幸吉が、

「おそめちゃん、いいかい、奉公は一生ものの決め事だ。簡単に返事をするんじゃねえぜ。聞きてえことはしっかりと聞いてよ、納得しなければさ、おこんさんだろうが浪人さんだろうが、遠慮することはねえ、帰ってきな。あとはおれが始末をつけてやらあ」

と胸を叩いた。

「驚いたねえ。まだ言葉遣いもまともに覚えきれねえ小僧が、えらい指図だぜ」

いつの間にか幸吉の背後に忍び寄っていた鉄五郎親方が呆れた。

「親方、いたのかい。こいつはさ、幼馴染みの間の内緒ごとなんだよ。聞き流してくんな」

「馬鹿野郎、だれにおそめちゃんの付き添いをお願いしているんだ。お武家の坂崎さんと今津屋のおこんさんだぞ。おめえが心配する要はどこにもありゃしねえや」

「それはそうだけどよ」

「男なら黙って送り出せ」

親方に注意され、それでも幸吉は、

「頼むぜ」

と磐音に繰り返した。

「とにかく行って参る」

磐音とおそめは親方と幸吉に見送られて六間堀から竪川へ、さらには両国東広小路の雑踏を抜け、両国橋を渡った。

宮戸川の仕事を早引けしたので、いつもの刻限よりは早かった。

陽射しの具合は四つ（午前十時）過ぎか。奉公の話だから昼前がいい、とのおこんの指図を守ってのことだ。それでも両国橋を往来する人や駕籠や荷車は多かった。

川風の中にもどこか初夏の香りが漂っていた。

おそめはいつにも増して緊張していた。

「おそめちゃん、幸吉どのの申したこと、大事だぞ。よいな、おこんさんやそれがしに遠慮はいらぬ。分からぬことがあったら、相手の親方になんでも尋ねるのだ」

「坂崎様」

とおそめが小声で応じた。

「あたし、大それたことを考えたのでしょうか。なにをお尋ねしてよいか分かりません」

磐音は不意を衝《つ》かれたように返事に窮した。うーむと唸って、冷静になれと自らに言い聞かせた。

「おそめちゃん、それがしの十四、五の頃を今思い出してもな、ただ漠たるおぼろな夢があったばかりだ。こうしよう、ああしようなんてことは何一つ考えつかなかったぞ」

「おぼろな夢ですか」

「ああ、父の跡を継いで侍になるより、大工の棟梁になれないものかと考えておった」

「えっ、坂崎様は職人になりたかったの」

「ああ、屋敷に出入りする大工の鑿《のみ》使いや鉋の技が驚きでな、憧れであった」

そう答えた磐音はもう一つの夢をふいに思い出した。奇妙なことに、大工になる夢と奈緒と祝言《しゅうげん》を挙げて夫婦《めおと》になることだった。

奈緒との結婚は、少年磐音の中で両立していたのだ。

おそめもそんな年頃だった。

「坂崎様もそんなふうだったとしたら、少し安心しました」

二人の視界に、すでに今津屋の店先に立つおこんの姿が見えた。

おそめが手を振り、

「よろしくお願い申します」

と大声を張り上げた。


呉服町の中ほどにある縫箔屋、三代目江三郎の仕事場では、刺し台を十台も並べた板の間に男の職人衆が無言のままに針を動かしていた。

針と糸が絹地をとおる音だけが仕事場に静かに響いた。

縫箔とは刺繡と摺箔《すりはく》という二つの手法を用いて、絵柄を描《か》き出す技法だ。

おそめは仕事場の荘厳な雰囲気に圧倒されたように黙り込んで、それでも熱心に眺めていた。

「若い娘がどこで縫箔を見たか知らねえが、このご時勢だ、金箔銀箔を摺り込んだこの仕事は滅多に注文がこねえ。近頃、縫箔師を名乗っても実際は縫い物ばかりでな、おこんさん」

と三代目の江三郎が説明した。

磬音もまた厳粛なる作業場の光景を見詰めていた。

「おそめと言ったかい。こんな辛気臭い仕事が縫箔屋、縫い物屋の仕事だぜ。ほんとうにやる気はあるかえ」

おそめが江三郎に視線をひたと向け、

「親方様、やりとうございます」

「ほう、どこが気に入った」

「無地にあのような絵柄を生み出される職人衆の技を、あたしも身につけとうございます」

江三郎がおそめの返事に頷き、しばし考えていたが、

「亀造《かめぞう》、奥の刺し台を持ってこい」

と命じた。

「へえっ」

亀造と呼ばれて立ち上がったのは番頭格の職人のようで、眼鏡《めがね》をかけていた。

奥のその刺し台は一際大きく、豪華な御所車が縫箔されていた。

亀造は、その四角の刺し台と糸と針を運んできた。刺し台にはすでに黒地の布が張ってあった。

「おそめ、娘なら一応針の使い方は知っているだろう。これにさ、好きなように

文様を描いてみねえ」

なんと江三郎は、本物の作業場を初めて見たばかりのおそめに命じた。

「親方様、真新しい布地と糸を駄目にしてしまいます」

「うちは縫箔屋だ。一反や二反の絹ものを駄目にしたところで、かまうこっちゃねえ」

おそめが思わず息を呑み、自らを鼓舞するように頷いて、刺し台の前に座った。そして周りの職人衆の道具の扱いやらを観察していたが、まず道具を揃えて、針に白糸を通した。

「お侍、おこんさん、奥で茶でも上がってくんねえ」

江三郎は磐音とおこんを奥座敷へと招じ上げた。おそめに気を遣わせることなく好きにやらせようと考えてのことのようだ。

「おこんさん、うちの弟子入りに娘というのも珍しいが、お侍と今津屋のおこんさんが付き添いというのも、大いに変わってるぜ」

と笑った江三郎が長火鉢に掛かっていた鉄瓶《てつびん》から器用に茶を淹れた。

「今津屋さんからの頂戴物だが、両国巽《たつみ》屋の羽衣団子、いただこうかねえ」

とおこんが持参した羽衣団子の竹皮包みを広げた。

作業場に接した居間は江三郎親方の仕事場を兼ね、広い畳敷きの一角には二台の大きな刺し台が置かれて、やりかけの縫箔の上には紫の布が被せてあった。

磬音には職人の仕事場の佇まいがなんとも珍しかった。

江三郎も気性のさっぱりした親方で、上方の豪奢《ごうしゃ》な縫箔に江戸の粋で対抗する心意気が感じられた。

半刻（一時間）もした頃か、亀造が、

「親方、ちょいと」

と呼びに来た。江三郎が作業場に立っていったが、

「おこんさん、お侍」

と呼んだ。

二人が作業場に戻ると、江三郎親方と亀造がおそめの刺し台を覗き込んでいた。

「見てみねえ、この文様をさ」

磬音とおこんは、必死に縫箔の真似事をするおそめの手許《てもと》を見て、言葉を失った。

そこには大川の流れの上に架かる両国橋と、江戸の家並みの向こうに聳《そび》える富士の峰が、大胆にも白糸で素描されていた。むろんまだ色糸で刺繍されているわ

けではない。その線描は拙《つたな》かった。だが、大胆な構図はなんとも人の目を惹き付けた。

「おこんさん、これほど自在に刺し台の枠を使いこなして絵が描ける職人は、そうはいないぜ。技はなにも知っちゃいねえ、素人《しろうと》だからさ、運針も糸目もひでえもんだ。だがな、これだけ絵が描けるというのは、持って生まれた天賦《てんぷ》の才だ。驚いたねえ」

と呻《うな》った江三郎が、

「おそめ、もういい」

と仕事をやめさせた。

おそめの額にはうっすらと汗が光っていた。

「奥に来な」

磐音とおこんは再び、居間を兼ねた親方の仕事場に戻った。遅れておそめが親方の江三郎と姿を見せた。

「おそめ、さっきからおめえの才を大きく花開かせてくれる職はなにかと考えていた」

「親方、こちらでは駄目にございますか」

「うちでおめえを働かせるのがよいのかどうか。他におめえの才が大きく育つなら、そちらがいいに決まってらあ」

と答えた江三郎が、

「おそめ、勘違いするなよ。おめえをうちで働かせないとは言ってねえ。だが、おめえはまだなにも知らねえようだ。縫物師、染物屋、江戸小紋型押、繡職《しゅうしょく》、縫取師と、この世界にはいくらも似通った仕事がある。おめえがそれらを見て回り、ああ、やっぱり縫箔で身を立ててえと思ったとき、うちに奉公しても遅くはあるめえってことだ」

と言い聞かせると、

「どうだな、おこんさん」

とおこんに念を押した。

「親方、ご親切なお心遣い、返事のしようもございません。そのような非礼が許されましょうか」

「あとであちらがよかったと言われるよりは、うちしかねえと肚を固めてきたほうが、修業にも身が入ろうってもんじゃねえか」

「仰《おっしゃ》るとおりにございます」

「それにおこんさん、おそめはまだ体が細いや。あと半年や一年、体を作ってからでも、職人仕事は遅くはあるめえ。なにしろこの世界は一生修業だからな」

「はい」

と答えたおこんが、

「おそめちゃん、どう」

と訊いた。

「あたしは今日からでも親方の下で、下働きをしとうございます。ですが、親方の言われるとおり、あたしは他の仕事の区別もなにもつきません。もし許していただけるものならいろいろと勉強して、改めてこちらにお願いに参りとうございます」

おそめはしっかりと答えた。

帰り道、日本橋際の蕎麦屋におこんが二人を誘った。ちょうど中食《ちゅうじき》の時分で座敷は込み合っていたが、

「今津屋のおこんさん、ようていらっしゃいましたな。こちらへどうぞお上がりください」

と主《あるじ》が顔見知りか、座敷の一角に席を設けてくれた。

おこんが酒と笊《ざる》蕎麦を手際よく注文してくれた。

「いいこと、おそめちゃん、私や坂崎さんに遠慮はいらないのよ。縫箔屋が思っていたのと違っていたら違っていたで、嫌というのよ」

おそめが首を横に振った。

「おこんさん、縫箔の仕事をますます好きになりました。それに親方は立派な職人さんです、一目で分かりました。あたし、ほんとうに明日からでもいいんです」

おこんが磐音を見た。

「それがしはこう考える。親方の申されるように、縫箔修業は半年一年を急ぐこともない。奉公とは仕事ばかりではない、他人様の家で寝起きして暮らすことだ。おそめちゃんなら、もはやちゃんとこなそうがな、体がしっかりしてからでも遅くあるまい」

「そうね、その間に親方が言われた縫箔師の仕事の周りがなにかを知るのも大事なことね。それに親方の家でも娘を受け入れるのは初めてのことでしょう、仕度もいると思うわ」

「おこんさん、あたし、少しでも早く働きたい理由があるんです」

「お父っつぁんのことなのね」

「はい」

と答えたおそめは、

「お父っつぁんはもう賭場には金輪際足を踏み入れないと言っています。それでもいつ元に戻るか。あたし、少しでも早く仕事しておっ母さんに楽をさせたいのです」

「おそめちゃん、江三郎親方のもとに奉公しても、すぐには給金は貰えないわよ。職人の仕事は商人務めと違うの、仕事を覚えてなんぼなのよ」

「はい、それも承知しています」

おそめが一番その矛盾を承知していた。だが、兼吉のことを思うと一日でも早く働きたいと思うのだろう。

酒と蕎麦が運ばれてきた。

おこんが磐音に、

「おそめちゃんの奉公の前祝いよ」

と酌をしてくれた。

磐音は一人昼酒を飲む後ろめたさを感じながらも盃《さかずき》を手に、

「おそめちゃん、そなたの絵心には驚き入った」

「親方も驚いていたわ」

おこんが口を添えた。

「そこだ。絵はな、天性のものだと親方も申された。これだけでもおそめちゃんは縫箔の職人になる資格はある。だがな、おそめちゃん、絵は多くのことを経験し、物事を見聞して豊かになるものだ。どうだ、親方の家に奉公するまで、他のお店で通い奉公をせぬか」

「そんなことができるのですか」

おそめが磐音を見た。

磐音は手にした盃の酒を飲み干し、

「その返答はおこんさんがなされよう」

と答えていた。

二

その夜明け、春の雪がうっすらと降り、乾いた江戸の地面が薄く白に染まった。

佐々木道場で久しぶりに御小姓組赤井主水正に会うと、赤井が磐音に、

「種姫様の麻疹が進行してのう、上様ばかりか田安家でも危惧されておられる」

ことを告げた。

「南蛮医学の治療でもなかなか好転しませぬか」

「池原雲伯どのの反対が思いのほか強くてな、田沼様の後押しもあってツュンベリーは城中に上がれない状態が続いておるのだ」

磐音はすでに、間接的にしろツュンベリーが種姫の診察をして、処方を立てているものとばかり思っていたのでびっくり仰天した。

「桂川甫周どのが城中で診立てて長崎屋に参り、ツュンベリーに指示を仰ぐという、なんともまどろっこしい診察方法でな、種姫様の容態も悪化の一途だ」

「それは困りましたな。上様もさぞご心配にございましょう」

と答えた磐音に、

「本日も西の丸の家基様が、上様になぜツュンベリーの診察をお仰ぎなされませぬとご注文をつけられたところだ」

「上様のご返答はいかがにございますか」

「田沼意次様の意向を忖度《そんたく》しておられるようだ。甫周先生方は治療の機をなくす

と案じておられるそうな」

そんな問答を道場でしたせいで、磐音は神保小路の帰りに本石町三丁目十軒店の紅毛人旅籠《はたご》長崎屋に回ってみた。

長崎屋の内外には大勢の野次馬が群がり、

「おっ、今、赤毛がちらりと覗いたぞ」

「見たかい、鼻の高いことといったら、まるで天狗様《てんぐ》のようだぜ」

などと無責任なことを声高に言い合っていた。

いつもと違うのは、阿蘭陀商館長フェイトとツュンベリー滞在の間は、長崎から同行してきた長崎奉行支配下の普請役二人と町奉行支配下の同心二人が、それぞれ小者を従えて警戒に当たっていることだった。

磐音は小田原の小清水屋右七、お佐紀親子らを迎えたときの長崎屋の雰囲気とはまるで違っているなと思いながら、野次馬の後ろになんとなく立っていた。すると町奉行の小者が磐音に歩み寄り、

「坂崎磐音様にございますな」

と確かめた。

「いかにも坂崎にござる」

「こちらへ」

小者はだれかの使いか、磬音を野次馬の間を分けて長崎屋の表玄関へと導いていった。すると大階段下に中川淳庵が立っていた。

「二階の廊下から坂崎さんの姿をお見かけしましたので、お呼び立てしました」

頷いた磬音は、赤井に話を聞いたゆえつい立ち寄ってみたと答えた。頷き返した淳庵が、

「坂崎さん、こちらへ」

と磬音を長崎屋に招じ上げ、階段裏にある長崎屋の帳場へと案内した。するとそこには桂川国瑞が一人の人物と話し合っていた。

「坂崎さん、紹介しよう。長崎屋主人源右衛門《げんえもん》どのだ」

国瑞が紅毛人旅籠の主を磬音に紹介した。

「過日は今津屋様のおこん様とうちにお見えになりましたな」

源右衛門が磬音のことを承知の様子で笑いかけた。

「国瑞、坂崎さんは御小姓組の赤井様にわれらのことを聞いて、様子を見に来られたのだ」

「それはご心配をかけました」

国瑞の顔にどこか喜色があった。

「ようやくツュンベリー先生の診察を種姫様がお受けになる許しが出ました」

「それはよかった」

西の丸の家基の、家治への請願が効いたかと内心考えた。

「ただおおっぴらの診察は許されません。やはり私が問診し、隣部屋に控えるツュンベリー先生の指示を受けるという迂遠《うえん》な診察になると思います」

「それでもよかった」

磐音はほっと安堵した。

「坂崎さん、あなたを呼んだのはちとお願いの筋があってのことです」

と言い出したのは淳庵だ。

「ツュンベリー先生が種姫様を診察なさることは公にはされておりません。供も国瑞と通詞方に私が同行し、源右衛門どのが介添えなさるという少ない陣容です」

長崎屋源右衛門は紅毛人を泊めるばかりか、

「長崎通商免許御礼」

を目的とした一行が滞在する間、介添え方を命じられていた。

磐音は淳庵の危惧を察した。道中の安全を心配しているのだ。

「町方の警護は付きませぬか」

「むろんかたちどおりには警護がつきます」

「ご一行はいつ出立なされますか」

「今宵五つ（午後八時）」

「昼間ではなく夜間に城中に上がられますので」

淳庵と国瑞が頷いた。


半刻（一時間）後、坂崎磐音の姿は南町奉行所年番方与力笹塚孫一の御用部屋にあった。

笹塚は磐音から事情を聞くと、

「そなた、いろいろと難題を持ち込んできよるな」

と唸った。

「それがし、笹塚様には日頃から手助けの労を惜しまぬことを心掛けて参りました。時にそれがしの願いをお聞き届けくださいますようお願い申し上げます」

笹塚孫一が上目遣いに磐音を見て、

「よいか、坂崎、南町を城中の内紛に巻き込むようなことを決していたすでないぞ」

と釘を刺して、磐音が持ち込んだ願いを聞き届け、

「坂崎、まだ時間がある。奉行所の湯に浸かって鰻の臭いを消して参れ」

と命じた。

「石町《こくちょう》の鐘は阿蘭陀まで聞こえ」

と川柳にあるように、本石町三丁目長崎屋の隣には有名な鐘撞《かねつ》き堂があった。

その時鐘が五つ（午後八時）の刻限を打った後、もはや野次馬の姿もいなくなった長崎屋を四挺《ちょう》の駕籠が出た。

警護は南町奉行支配下と長崎奉行支配下の少人数だ。

軒下に残る雪道を、一行はまず金座横を通り御堀端に出た。だが、一行は目の前の常盤橋《ときわ》を渡ることなく右へ曲がり込み、竜閑橋《りゅうかん》を渡って鎌倉河岸に向かった。

大手御門から下乗御門を潜《くぐ》り、御城中に入るにしては異な道筋であった。

だが、一行はひたすら神田橋御門、一橋御門、雉子《きじ》橋を過ぎて俎《まないた》橋を渡り、九段坂を上がり、田安御門に姿を消した。

御三卿《ごさんきょう》の一、田安家は、八代将軍吉宗が相続の諍いを避けるために次男宗武を祖として興させ、四男宗尹《むねただ》を一橋家として立家させた。その代わり公卿《くぎょう》に列せられ、将軍家、十万石格の大名であるが領地はなかった。

御三家に適当な後継がいないときにこれらの家から立てることにした。

ツュンベリーの一行は種姫の実家である田安中納言の屋敷に消えた。

城中での種姫診察は漢方御典医池原雲伯らの強硬な反対にあったため、桂川国瑞、中川淳庵は、種姫を密かに田安家に移送し、実家で診察することにしたのだ。

雪解けでぬかるんだ坂道を上り、屋敷に入れたのは駕籠の四人だけだ。

門前には遅咲きの八重桜の老木があった。

警護の一行は、田安邸門内お供部屋で診察が済むのを待つことになった。

診察は四つ（午後十時）の時鐘が鳴っても終わらなかった。ようやく警護の一行に玄関先へ回る命が下されたのは、四つ半（午後十一時）を過ぎた刻限だった。

再び四挺の駕籠を中心に行列が整えられた。

門前の桜の大木は闇に静かに佇んで貫禄《かんろく》を示していた。

植物学者でもあるツュンベリーにとっても、日本に来て初めて見る八重桜の大木だった。枝に今朝方降った雪がうっすらと残っていた。そのことに気付かせたのは種姫の診察をひとまず終えたという安堵感だろう。

一行はひたひたと田安御門を出て春泥の九段坂下から俎橋へと向かった。

黙々と本石町の長崎屋へと進んでいく。

御城周辺の中でも最も寂しい界隈だった。

そんな一行をいつまでも老桜の残影が追ってきた。それほど見事な桜だった。

九段下の坂道の中ほどにかかったとき、先導する提灯持ちの足がふいに止まった。

町奉行所の同心が先頭へと走った。

「いかがいたした」

提灯持ちの小者が黙って前方へ灯りを向けた。闇の中に黒覆面の武士たちが浮かび上がった。

「何者か」

南町奉行所同心木下一郎太が誰何《すいか》した。

定廻り同心の一郎太は上司の笹塚孫一から格別の任務を命じられていた。

夕刻のことだ。

紅毛人旅籠長崎屋から田安邸の警護を命じられた一郎太は、なにごともなく御用が済むことを念じつつ、帰路についた。だが、その願いも空しく待ち伏せに遭遇した。

相手からは一言も発せられなかった。

駕籠の主たちを死に至らしめるという不気味な殺気だけが発せられて、包囲の輪を縮めてきた。

一郎太は四挺の駕籠を集めさせ、少ない供をその周りに配置させた。

刺客の輪が縮まった。その刺客たちの中の二人は槍《やり》を携えていた。

頭領が合図をした。

刺客たちが一斉に剣を抜き、槍の二人はその穂先を駕籠へと定めた。

異様な気配を察したツュンベリーの乗る駕籠の引き戸が中から薄く開けられ、小さな悲鳴が発せられた。

ツュンベリーの目に、きらきらと不気味に光る槍の穂先が見えたのだ。

鎖国政策を続ける日本国はどこの国にもまして理解のつかない国だった。

西洋の進んだ科学や医学を排斥する一団がいるかと思うと、将軍の御典医桂川甫周や大名家の藩医中川淳庵のように熱心に西洋の知識を吸収し、それを世の中のために役立てようという者たちもいた。

本日、診察を頼まれたのは、将軍家治の養女種姫の麻疹の治療だった。種姫の麻疹は早期治療の機を外し、もはや十分に進行していると見受けられた。反対派の多い御城から実家の田安邸に連れ帰られたとはいえ、頑迷な家臣たちの意見もあって、異国人のツュンベリー自身が直接診察はできないのだ。

甫周国瑞が種姫のお体を診断し、それを阿蘭陀語に通じた淳庵が通訳して、隣部屋に控えるツュンベリーがその言葉から判断して、さらなる質問と触診を指示し、診断を深めて治療方法を立てるという、真《まこと》に時間のかかる方法しか取れなかった。

ツュンベリーは種姫の容態が好転するかどうか自信はなかった。なにしろ無益にも放置された時間が長すぎた。

だが、この治療が失敗したとき、甫周と淳庵の二人が陥るであろう苦境を考えると、ツュンベリーは暗澹《あんたん》たる気持ちになった。そんな暗い思いで窮屈な乗り物に揺られていた。

そこへ突然、刺客の一団が現れたのだ。

ツュンベリーの目にも、警護の者より刺客の数が多く、そして戦いに慣れた殺し屋の一団と映った。

（どうしたものか）

ツュンベリーは短銃を持参しなかった迂闊《うかつ》を悔いた。

その瞬間、警護の中から一人の侍が刺客団の前へと進み出た。その影は日本人にしては背丈が高く、しなやかな体の動きをしていた。

刺客の煌《きらめ》く剣槍《けんそう》に囲まれながら悠然と構えていた。

それがツュンベリーには不思議にも新鮮に映じた。

ツュンベリーが長崎や江戸への道中で接した日本人は、せかせかと慌ただしく動き回り、鶏《にわとり》の鳴き声のような会話を交わす人たちであった。だが、警護の中から一人進み出た影は、まるで刺客たちが存在しないように超然と立っていた。

影が刺客に話しかけた。

その声はさながら春風のように長閑《のどか》に響いた。

苛立《いらだ》ったのは刺客のほうだ。

ツュンベリーの目には、刺客たちが眦《まなじり》を決して、興奮に震えているように見てとれた。

「ええいっ！」

気合い声とともに槍の穂先が二本、わずかな時間差で悠然と立つ長身の胸に突き出された。

（刺し貫かれた）

ツュンベリーは目を瞑《つむ》ろうとして我慢した。

長身の影の腰が僅《わず》かに沈み、片手が剣の柄《つか》にかかると一気に引き抜かれた。

緩い円弧を描く刀が白い光になって、突き出された穂先の前に伸びていった。

すぱっ

と音もなく、きらきらと光る槍の穂先が次々に斬り飛ばされて、槍を突き出した刺客の二人は呆然とした。

その隙に長身の影が刺客の輪の中に自ら入り込み、抜き放った剣を右に左に振るった。

剣術の技も極意も知らぬツュンベリーの目にも、影が振るう剣が素早く無駄のないことが観察された。

剣が一閃されると刺客の一人がつんのめるようにぬかるんだ泥道に倒れ伏し、さらにまた一閃されると二番手の刺客が戦列から離されていった。

刺客の頭分《かしら》が思わず叱咤の声を上げ、刺客たちは一斉に長身の影を囲い込もうとした。

だが、影は急ぎ動くふうもなく、ツュンベリーが京で見せられた能の動きのように風雅に舞い踊った。だが、その軌跡の後には刺客たちが次々に倒され、数瞬の間に刺客たちの戦闘能力は半減していた。

無言の闘争の場には老桜の残像とともに血の臭いが入り混じって漂っていた。

ツュンベリーにはそれがなんとも不思議だった。

暗殺の企てが失敗に帰したと思ったか、刺客たちはふいに闇に引き下がっていった。

淳庵が影に何事か話しかけ、ツュンベリーに阿蘭陀語で無事かどうか尋ねた。

ツュンベリーが無事であることを告げると淳庵が、

「長崎屋に引き上げる」

と言った。

一行が長崎屋に戻り着いたとき、時刻は夜半の九つ（十二時）を回っていた。

木下一郎太と坂崎磐音は駕籠をぴたりと長崎屋の入口に着けさせ、まずはツュンベリーから次々に降ろした。

磐音と一郎太は一行のだれ一人として怪我がないことを調べ、まず空の駕籠を返した。

「まずは無事でなによりでしたね」

一郎太が磬音に話しかけ、磬音が頷き返すと長崎屋に入った。するといきなり磬音の手が握られ、上下に激しく振られた。

ツュンベリーが磬音の手を握り、感激の面持ちで手を振っていたのだ。

淳庵が、刺客団に一人で立ち向かった長身の侍を、

「坂崎磬音どのでしてね、われらの知己でもあります」

とツュンベリーに紹介した。

そして、スウェーデン人の医師にして植物学者を、

「われらの医学の師匠です」

と磬音に紹介した。

ツュンベリーは磬音の手を離すことなく、激越な調子で話しかけた。

身丈は六尺の磬音よりも三寸は高いだろう、真っ赤な顔が磬音の前にあった。

「坂崎さん、先生は初めて噂に聞いてきた武士《さむらい》の武術を目の当たりにした、感激で言葉にも表せない、と仰っております」

磬音は過分な賛辞に困った顔をした。

「どうして大勢の刺客を相手に悠然とした態度がとれるかと、先生が不思議がっておられます」

「はて、どうしてでしょう」

磬音はますます困惑の表情をした。

「明日の晩も警護を頼むと申しておられます」

頷いた磬音は、

「異国からの客人に理不尽な刃を向ける者があれば身を挺して戦う、と伝えてください」

磬音はツュンベリーの手を離してもらおうと、淳庵を通してそう告げた。

ようやくツュンベリーは手を離すと、上がりかまちに腰を下ろして靴を脱ぎ始めた。

ツュンベリーがなにかまだ語りたい様子を見せながら二階の部屋に引き上げた後、磬音は国瑞に訊いた。

「種姫様のご容態はいかがです」

「昨日より熱が高く発疹《ほっしん》が全身に広がっておられます」

「ツュンベリー先生の診断はいかがですか」

「すでに前駆期から発疹期に進んでおられるところから、なんとしてもまずは熱を下げさせて、合併症を防ぎたいお考えのようです。難しい治療が数日続くものと思えます」

頷いた磐音は二人の友に訊いた。

「今晩は屋敷に戻られますか」

「遅いので長崎屋に泊まることになっています」

淳庵が答えた。

「ならばわれらはこの足で引き上げます」

と疲れた様子の国瑞と淳庵に言い置くと、通用口に待つ一郎太に、

「戻りましょうか」

と声をかけた。

三

長崎屋からの、深夜の田安邸通いは毎晩続いた。二日目以降、刺客が出現することはなかった。だが、磐音は行列が常に監視され、見張られていることを意識

していた。

種姫の病状は一進一退の予断を許さぬもので、必死の治療を続けるツュンベリーや国瑞の顔にも疲れと憂色が見られた。

老桜が散り始めた夜、帰路に就いた行列に、なんとなく活気が見られた。淳庵の駕籠の戸が開き、

「坂崎さん、もう大丈夫です」

と声をかけてきた。

「回復の兆しがみえてきました。水疱《すいとう》が黒ずんで、もはやこれ以上悪くなることはないとツュンベリー先生も言っておられます。あとは薄紙を剝ぐように元気になられるでしょう」

「麻疹の痕《あと》は残りますか」

磐音が小声で訊いた。

若い姫にとって、麻疹が治ったはよいが顔や全身に醜い痕が残っては、なんの意味もなかった。

「その点ですが、ツュンベリー先生が、国瑞の初期治療が的確であったと褒《ほ》められました。まず痕も残るまいということです」

「ようございましたな」

行列の足取りも急に元気になったようで長崎屋へと進んでいった。

種姫の回復は城中の家治に伝えられ、ツュンベリーの治療も深夜ではなく昼間に通うことが命じられた。さらに二日、種姫はほぼ熱も下がり、食欲も出て、田安邸から御城に戻ってもよいとの医師団の判断が下された。

その報はたちまち江戸じゅうに広がり、

「蘭方恐るべし」

との噂が広まった。

そのせいで、江戸にある大名家や大身旗本、豪商たちの使いがぜひ治療をと願って長崎屋を訪れた。

阿蘭陀商館長フェイトの将軍家治拝謁の日は迫っていたが、ことは蔓延する麻疹治療のことだ。

ツュンベリーや桂川国瑞自身が診察せねばならぬほどの大家には出向き、その他の願いには、長崎屋に陣取った中川淳庵が江戸の医家を集めて、ツュンベリー直伝の治療法を授けて対処した。

そんな忙しい日々が磬音には続いた。

ツュンベリーのもたらした治療法が効を奏し始めたか、江戸の麻疹熱もわずかながら鎮まる気配を見せてきた。

その昼下がり、磐音はしばらくぶりに今津屋に立ち寄ることができた。

「あら久しぶりね」

と店先にいたおこんが声をかけてきた。

おこんに案内され、おそめを連れて呉服町の縫箔屋の親方江三郎を訪ねて以来のことだ。

磐音はおそめのことも気になっていたが、なにしろツュンベリーらに従い、治療の供をする日々で、なかなか暇が取れなかったのだ。

「おこんさん、お元気か」

「私は元気だけが取り柄よ」

「元気がなにより」

「田安のお姫様は元気になられたそうね」

「もう御城に戻られた。家治様がことのほかお喜びで、阿蘭陀商館長との拝謁の日にはツュンベリー先生には格別のご褒美《ほうび》が下されるそうな」

「坂崎さんたちが寝ずに飛び回った甲斐《かい》があったというものだわ」

「木下どのはもはや町廻りに戻られた」

「朝方、ちょっとだけ顔を出されたわよ」

帳場格子からおこんと磐音の話す様子を眺めていた由蔵が、手を振って磐音を呼んだ。大勢の奉公人たちが老分の指図を待ったまま、声をかけることができずにいたのだが、それも一段落ついた。

「おこんさん、喉が渇きました」

帳場格子から立ち上がった由蔵が、癖で広い店の様子を眺め回し、遅滞なく商いがされていることを確かめて、台所に向かった。

広々とした台所の板の間は今津屋の大勢の奉公人が食事を摂るところであり、時に宴の場に変わり、日中は由蔵が骨休めに茶を飲む場所でもあった。

女衆《おんなし》が夕餉の仕度を始めていた。

「おそめちゃんはどうしておるな」

茶を淹れるおこんに磐音は訊いた。

「あの娘《こ》はほんとうに賢いわ。江三郎親方の言葉を守って、江戸小紋の型押やら紅染を熱心に見て回っているのよ」

「それがしも改めて考えたが、奉公は体がしっかりする一年先でもよかろう。となると当面の奉公先だが」

と磐音はおこんと由蔵を見た。

磐音は、おそめが本式の奉公に出るまで今津屋で働かせてもらえないかと考えていたのだ。

今津屋は七月にお艶の三回忌、さらには吉右衛門とお佐紀の祝言と続き、奥はいくら手があっても足りまいと勝手に考えたのだ。

「旦那様にも老分さんにもお許しを得たわ。本来ならうちでは半年一年の奉公は認めないんだけど、事情が事情でしょう。これから猫の手も借りたいときにおそめちゃんが役に立つと思うの」

「坂崎さん、差し当たって半年雇い、給金はおそめの働きぶりを見て私とおこんさんが決めます。よろしいかな」

「老分どの、無理を申しました」

磐音はほっとしながら二人に頭を下げた。

「お店奉公は朝が早いし、夜も暗くなってから暖簾を下げるわ。まだ幼い娘を通いというわけにもいかないから、女衆と一緒に寝泊まりしてもらうことにしたの。唐傘長屋のおっ母さんには断ってあるわ」

「それは手早いことだ。で、いつからおそめちゃんは働くことになるな」

「二、三日うちには引っ越してくるはずよ」

「幸吉どのに続いておそめちゃんも奉公に出るか」

「私がこちらに奉公に上がったのも、おそめちゃんの歳とおっつかっつだったわ。大丈夫よ」

「そうそう、おこんさんが初めて金兵衛さんに連れてこられたときは、痩せっぽちの娘でな、金兵衛さんの背に隠れるように身を硬くしていたっけな」

と由蔵が遠い昔を追憶するように呟いた。

「老分さんは、私が歳を経た女狐《めぎつね》に変身したと言いたいんですか」

「おこんさん、年寄りの性分さ、昔をただ懐かしく思い出しただけだ。そう気を回されるな」

と答えた由蔵にはなにか悩み事でもありそうに思えた。

「老分どの、なんぞございますので」

「いえね、田沼様のことですよ」

「田沼様からなんぞございましたか」

「旦那様はあまり口にはされませぬが、由蔵の耳にはあちらこちらから聞こえて参ります。そのことがちと気にかかっております」

磐音とおこんは由蔵を見た。

「田沼様が老中に出世なされたのが明和九年（一七七二）、十一月には安永と変わった年の正月にございましたな。家重様の御小姓から異例の昇進をなされただけに才気煥発《かんぱつ》、田沼の前に田沼なしと大いに手腕を期待されたものでした。その当時は、両替商も、田沼様のご改革に、南鐐二朱銀《なんりようにしゆぎん》の改鋳《かいちゆう》などにも協力してきたものです。ですが、幕閣の中心としてご政道の改革に着手された頃から、身内を登用する田沼様の側近政治に、私ども町の者は疑いを持つようになったのでございますよ。近頃では江戸の両替商は、田沼様とは付かず離れずの間合いを保って参りました」

由蔵は話をやめるとおこんの淹れた茶を喫した。

「日光社参の路用の金をわれら商人に頼ること自体、田沼様のご改革がうまくいってない証《あかし》にございます。こたびの路用を私どもに頼られたことを、田沼様は内心不快に思われているとのことです。また、道中の勘定奉行支配下の出納方を私どもが差配することに大いに激昂《げつこう》なさっておられるとか。旦那様は申されませぬが、不愉快な話がいろいろとあると、この由蔵は睨んでおります」

これが由蔵の危惧であった。

「それは気付かぬことでした」

「まさか旦那様の身に危害が加えられるなんてことはありませんよね」

磐音とおこんが口々に訊いた。

「今、旦那様の身になにかございましたら、日光社参の路用の金子の用立ては頓《とん》挫《ざ》します。まず田沼様が難癖を付けられるとしたら、社参が終わった後のことでしょうな」

「老分さん、そう安心してよいものでしょうか」

おこんが案じた。

「老分どの、今津屋どのが他出なされる折りには、差し障《さわ》りのないところでそれがしが陰ながらお供いたしましょうか」

「そうしていただけますか」

「承知しました」

と答えた磐音だが、ツュンベリーらの用事も重なっていた。一人では心許《こころもと》ないなと思った。

その時、店で大声が響いた。

「江戸両替屋行司の店では、兌換《だかん》の金子に贋金《にせがね》を混ぜて渡しおるか！」

由蔵が立ち上がり、店に向かった。

磐音は脇差を抜くと古びた袴を脱いだ。

おこんが前掛けを磐音の腰に巻いて素早く紐《ひも》を結んだ。これで今津屋の後見ができ上がった。

店に出てみると、勤番風の武家が三人、相場《そうば》役番頭の久七《きゅうしち》に詰め寄っていた。そのかたわらには、支配人の林蔵が心配げな顔で控え、由蔵が、

「お武家様、てまえが今津屋の総支配人、老分の由蔵にございます。なんぞ不都合がございましたかな」

と穏やかに問い質したところだった。

「不都合もなにもあるか。最前、丁銀三枚と豆板銀五枚を金相場に換金いたしたが、その中の一分判金《いちぶばんきん》三枚がどうみても贋金である。今津屋ともあろうものが騙《かた》りまがいの商いをなすのか」

関東の金遣い、上方の銀遣いと称して、江戸時代、上方商業圏は銀貨、関東領域では金貨が、併用して流通していた。

そのため金銀の兌換が行われるために毎日相場が立った。また両替商ではその

日の相場で兌換し、手数料を受け取った。

上方の銀は当初、丁銀、豆板銀のように銀の重さ、秤量貨幣であった。だが、明和九年から南鐐二朱銀が発行されて、貨幣一枚が固定した値の計数銀貨へと移行しようとしていた。

「それがこの一分判金にございますか」

由蔵が久七の前に置かれた一分判金を手にして、

「確かに粗雑な一分金にございますな」

と感心してみせた。

「老分さん、お武家様も確かめたうえ財布に仕舞われた一分判金にございます。私どもは両替が商売、そのような粗雑な一分判金を混ぜるようなことは、まかり間違ってもいたしません」

と由蔵に言いかける久七に、

「黙れ、黙れっ！　そのほうが出した金子ゆえ、こうして持って参ったのだ。つべこべぬかすとただでは済まぬぞ」

三人のうち髭面《ひげづら》の武士がいけぞんざいに言い募った。仲間の二人は懐手《ふところで》をしたままだ。確かに羽織袴姿だが、どこか身についていないようにも見受けられた。

磐音は屋敷奉公を装った浪人と推量した。

今津屋の外は騒ぎを見物する野次馬が連なり、店の客も大勢固唾《かたず》を呑んで成り行きを見守っていた。

「お武家様、どちらのご家中にございますな」

由蔵はふいに話の矛先を変えた。

「われらの奉公先か。さる西国の雄藩の家中の者じゃが、藩名は出せぬ」

「申し立てどおりならば、被害にお遭いになったのはお武家様方、藩名を名乗られたからと申して差し障りもございますまい」

由蔵の詰問に、
うっ
と返事を詰まらせた。

「ようございます。三枚の一分金、真の一分判金とお替えいたしましょう」

由蔵の言葉に久七が、

「老分さん、お言葉ではございますが、相場役の久七、まかり間違っても贋金を渡すようなことはしておりません」

「久七さん、そなたの申されること努々《ゆめゆめ》疑ってはおりませんよ。だが、今津屋が三枚の一分判金の取り換えに応じなかったという根も葉もない噂が巷《ちまた》に流れることを案じます」

と由蔵は久七に言い聞かせると、客に視線を移した。

「老分、そなた、われらが言いがかりをつけたと申したな。これほど武士の体面を汚しおって、もはや三分の金子云々《うんぬん》ではないわ。そこへ、直れ。刀の錆《さび》にしてくれん！」

さらに大声を張り上げた。

「ほう、この由蔵をお断りになると申されますか。お武家様、年寄りを斬ったところでなんの役にも立ちますまい」

と静かな声で応じた由蔵が、

「本音を申されませぬか」

と唆《そその》すように囁《ささや》いた。

「うーむ」

と言葉を詰まらせた髭面の背を仲間の一人が小突いて、応じよという合図を送った。

「そなたが申すように、店先を血で汚してもなるまい。贋金を混ぜた罪にお浄《きよ》め料を貰おうか」

「ちなみに、おいくらご所望ですな」

今津屋の古狸《ふるだぬき》が上目遣いに髭面を覗き上げた。

「これだけの身代だ。包金一つくらいなんでもなかろう」

「おや、私の値とだいぶ差がございますな」

「どういうことか」

「猿芝居のお代としては、せいぜい二文か三文にございますよ」

「おのれ、われらを虚仮《こけ》にしおったな！　そこに直れ、斬り捨ててくれん！」

と再び喚《わめ》く髭面が勢いで刀を抜いた。

磐音は静かに土間に下りると、

「お武家様、それはなりませぬぞ」

と腰を屈《かが》めて揉《も》み手しながら近付き、刀の柄にかかった手をさっと押さえた。

「なにをいたす、武士の差料に手をかけるとは許し難し。おのれから斬り捨てん」

と柄を押さえられた腕を引こうとしたが、どこをどう押さえたか、刀を握った腕は一寸たりとも動かなかった。

「こやつ、怪しげな技を使いおって！　おてまえども、なんとかしてくれ」
仲間に助けを求める髭面のかたわらから二人が抜刀した。
わあっ
と今津屋の騒ぎを見物していた野次馬たちが、悲鳴とも期待の声ともつかぬ喚き声を上げた。
磐音の左手から無造作に一人の仲間が斬りかかってきた。
その動きを予測していた磐音は髭面の刀の柄の手をそのままに肩で、
ぐいっ
と相手を押した。
刀を手前に引っ張り抜こうとしていた髭面が磐音の奇襲によたよたと後ろによろめき下がり、その勢いの中で磐音は、
ふわり
と体を入れ替えた。
磐音の背後で刀が空を切った。
その瞬間、髭面の刀が磐音の手に移っていた。
呆然と立つ髭面に峰に返した刀を突き付けた。

「お、おのれ」

二人の仲間が左右から斬りかかってきた。

だが、磐音の手には峰に返した刀がある。迎え撃つように踏み込むと、一方の刀を弾き、そのまま刀を流してもう一人の襲撃者の腰を殴り付けた。

うっ
と押し殺した呻《うめ》き声を上げた一人が土間に転がった。残った仲間が態勢を整え、磐音に突っ込んできた。

磐音は余裕を持って相手を呼び込み、峰に返した刀で肩口を、
ばしり
と殴り付けた。

一瞬、立ち竦んだ相手の手から刀がこぼれ落ちて腰砕けに横転した。

残ったのは無手の髭面だけだ。

「どうなさいますな」

「お、おのれ」

と言いながら竦む相手に笑みを投げた磐音は、

「お仲間を連れてお引き上げなされ」

磐音が刀を土間に投げ捨てたのを合図に、贋の一分判金を利して今津屋から大金を強請《ゆす》りとろうとした三人の偽勤番侍が、這う這うの体で店の外に飛び出していった。

今津屋の店先に、

わあっ

という野次馬の歓声が響いて、騒ぎは終わった。

磐音は一匹の鰆《さわら》を下げて、北割下水の御家人品川《しながわ》家の傾いた門を潜った。昼下がりの陽の当たる縁側では、幾代《いくよ》が野蒜《のびる》の泥を払い、根っこを切り落としていた。どこか堀の土手で摘んできたものか。

「無沙汰をしております」

「おや、坂崎様、かたちのよい魚を下げてどうなされました」

「今津屋より、到来物の鰆を一匹いただいて参りました。それがしは独り身ゆえ、こちらで召し上がっていただこうと持参しました」

「まあ、お頭付きの魚など、品川家では絶えて久しきことですよ」

幾代が柳次郎《りゆうじろう》を呼んだ。

「坂崎さん、近頃どうしておられましたか」

「貧乏暇なしを絵に描いたような日々を過ごしております」

と答えた磐音は、

「品川さんはいかがです」

「近頃とんと仕事の口がかかりません。武左衛門《ぶざえもん》の旦那も右に同じく、なんぞないかと毎日のように顔を出します」

と柳次郎が苦笑いした。

「よかった」

「仕事がないのです、よくありませんよ」

「いえ、今津屋で、品川さんと竹村《たけむら》さんのお二人に仕事があります」

「やはり坂崎さんは福の神だぞ」

と歓喜の声を上げた柳次郎に、

「柳次郎、今津屋様から坂崎様がいただかれたお魚をうちが横取りです。どうです、鯖を捌いてお造りと焼き物にし、この野蒜の味噌和《みそあ》えで一献しませぬか」

「仕事の口は舞い込む、魚はいただく。母上、春から縁起のよいことです」

「竹村さんも呼びますか」

磐音が口を挟むと、

「呼ばずともそのうち顔を出しますよ」

と柳次郎が答えた。そのとき、門前で、

「柳次郎、なんぞ仕事の口はないか！　うちの米櫃はからんからんと音がしておる。一家で大川に身投げだぞ！」

と竹村武左衛門の胴間声《どうまごえ》が響き、幾代が、

「よい方とは思いますが、武家の矜持《きょうじ》と慎みに欠けなさる」

と顔を顰《しか》めた。

柳次郎と磐音は顔を見合わせて笑った。

四

その日、磐音は仕立て下ろしの黒茶羽織に袴、袷に身を包み、鉄砲洲《てっぽうず》河岸から渡し舟に乗った。かたわらには小桜模様の江戸小紋をさらりと着こなしたおこんが緊張の面持ちで従っていた。

その朝、佐々木道場に行くと、珍しくも別府伝之丈《でんのじょう》と結城《ゆうき》秦之《しんの》助《すけ》が姿を見せて

いた。稽古の後、二人が、

「坂崎様、今日の夕刻前には佃島《つくだじま》に藩の御雇船が着到いたします。ご家老正睦様と、付き添いで目付頭東源之丞《ひがしげんのじょう》様が同船しておられるとの知らせが、下田湊《しもだみなと》から早飛脚で届いております」

と告げた。

「とうとう父上が江戸に出て参られたか」

磐音は感激の面持ちで呟いた。

「中居半蔵様からの言伝《ことづて》にございます。殿のお言葉もあり、坂崎様に佃島へ迎えに出向けとのことにございます」

豊後関前藩の藩財政を改革するために領内で採れる海産物を一手に藩物産所が買い上げ、千石船を借り上げて一大消費地の上方や江戸に運び込むことを企てたのは、坂崎正睦と磐音親子であり、亡き河出《かわで》慎之輔《しんのすけ》、小林琴平《きんぺい》であった。

この試案を持って江戸から国許に戻った三人を反改革派の魔の手が襲い、三人は相戦わされる運命を負った。

慎之輔と琴平は死に、磐音は藩を離れたが、藩物産所の計画は中居半蔵らに受け継がれ、江戸にあった磐音の協力もあって順調に軌道に乗りつつあった。

今、中居半蔵は江戸の関前藩物産所組頭を拝命して、その任に就いていた。

伝之丈と秦之助は半蔵の部下であった。

「なにっ、実高《さねたか》様がそう仰《おお》せられたか」

「はい。私どもにも直々に、磐音に伝えよ、何年ぶりかの父の上府である、倅《せがれ》が迎えに出ぬ法はあるまい、と何度も仰せられました」

「有難きお心遣いかな」

感激する磐音に、

「坂崎様、お見えになりますよね」

「これは藩命にございます」

と伝之丈と秦之助が口々に言った。

「相分かった。藩を離れた者なれど、実高様のお言葉有難くお受けいたすと、中居様に伝えてくれ」

道場を早々に引き上げた磐音は今津屋に立ち寄り、そのことを由蔵とおこんに告げた。

「いよいよお父上が出府なされますか」

由蔵が言い、

「ご対面となると、そのむさい格好ではちと差し障りがありますな」

と宮戸川の鰻割きの臭いがこびりついた普段着を見た。

「老分さん、坂崎さんにはなにかあってもいいように羽織袴が用意してあります」

とおこんが言い出し、由蔵が、

「ならば湯屋と髪結床に行ってきなされ」

と命じた。

「それがし、さようなご親切を受けてよいものでしょうか」

「坂崎様は、今やうちの後見にございますぞ。その格好では、江戸両替商六百軒の筆頭、両替屋行司今津屋の沽券《こけん》に関わります」

と由蔵に注意された。

「ならばまず湯に行って参る」

と答えた磐音は、

「おこんさん、どうしても聞いてもらいたき願いがござる」

「なによ、改まって」

「佃島行き、おこんさんにも同道してもらいたい。日頃世話になっている今津屋のおこんさんを父上に引き合わせとうござる」

磐音の言葉におこんが息を呑んだ。

「それはよい」

おこんに代わって由蔵が応じた。

「おこんさん、行ってきなされ。おこんさんは今津屋の顔にござればな」

と意味深長な言葉をおこんに告げ、磐音も頷いた。

しばし黙り込んでいたおこんが、

「いいの、私がご一緒して」

と磐音に問い直した。

「ぜひ、そうしていただきたい。お願いいたす」

「はっ、はい」

と顔を紅潮させたおこんが頷き、急におこんも忙しくなった。

そんなわけで二人は、佃島行きの渡し舟に肩を並べて乗っていた。緊張して黙り込んだおこんに、

「まだ船は着いておらぬようだな」

と磐音は小手を翳して、いつも豊後関前藩の借上げ弁才船が碇《いかり》を下ろす佃島の

南側を見た。

「今日は来ないのかしら」

「下田湊からの知らせがあったのだ。海も荒れてはおらぬゆえ、七つ（午後四時）過ぎには姿を見せよう」

と答える磐音に、

「坂崎様、おこんさん」

と秦之助の声が船着場から聞こえてきた。

磐音が会釈した。

別府伝之丈、結城秦之助のかたわらには中居半蔵と、江戸の受け入れ側の若狭屋の番頭義三郎が立っていた。

「おおっ、今津屋のおこん様も見えられましたか」

義三郎が破顔した。

渡し舟が船着場に接岸し、磐音はおこんに手を添えて船着場に上がらせた。

佃島に上がると、見知った関前藩の藩士たちが十数人迎えに出ていた。だが、磐音に挨拶していいかどうか迷ったふうでその場から動かなかった。

「中居様、義三郎どの、おこんさんに無理を願い、同道いただきました」

と磐音が二人におこん同道の経緯を述べた。おこんも、

「本来ならば主の吉右衛門が迎えに出るべきところにございましょうが、ただ今日光社参の御用を承《うけたまわ》り、多忙の身にございます。女の私にてお許しください」

と言葉を添えた。

「おこんさん以上の出迎えがあろうか。渡し場が急に明るくなったようだ」

と半蔵が、本音とも冗談ともつかぬふうに応じた。

「いや、確かに花が咲いたようにございます」

義三郎が言いかけ、

「吉右衛門様はやはり幕府の御用を命じられましたか。ご苦労にございますな」

と同情の色を見せた。

「噂はまことか、坂崎。幕府は今津屋どのの手を借りて日光社参の費用を調達なされるのか」

と小声で半蔵が訊いた。

「路銀の大半が町方から出るそうにございます。今津屋どのは日夜、その御用で飛び回っておられます」

「なんとのう」

と言葉を詰まらせた半蔵が、

「坂崎、そなたらと若狭屋のお蔭でな、関前藩はこたびの日光社参の随行の路銀、借財することなく都合がついた」

「それはようございました」

磐音は、豊後関前藩はどうしているのかかねが案じていたので、ほっと安堵した。

「それもこれもそなたのお蔭だ」

と半蔵が今一度磐音に言ったとき、海上から、

「船が着いたぞ！　豊後関前藩の御雇船が見えたぞ！」

という叫び声が響いて、佃島にいた関前藩の家臣と若狭屋の奉公人たちが海を見た。

磐音とおこんも一緒に江戸湊の南を見た。

昔ながらの三十五反の帆を広げた千石船がゆっくりと佃島沖に接近し、佃島から出迎えの小舟が漕ぎ出された。

帆には関前藩の旗標《はたじるし》の揚鶴丸《あげつるまる》が、西日を斜めから受けて浮かび上がっていた。

佃島の船着場に残ったのは中居半蔵、若狭屋の義三郎、磐音とおこんの四人だ

けだ。

「迎えの舟で江戸家老の利高《としたか》様が出ておられる」

と半蔵が説明した。

藩主の従兄弟である福坂《ふくさか》利高を江戸家老に抜擢《ばってき》したのは国家老の坂崎正睦だった。その利高は正睦や藩主実高の期待に応《こた》えているとは言い難かった。

江戸に上がった当初こそ藩務に取り組もうとしたが、元々遊び心の多い人物で、繁華な江戸暮らしを満喫するほうに方向を転じていた。

磐音の耳にも今や、

「江戸家老の福坂利高は宍戸《しし ど》文六《ぶんろく》の再来、関前藩の害」

という悪評判が入っていた。

そんな磐音の考えをよそに若狭屋の義三郎が、

「荷下ろしは明朝からですよ」

と磐音に言った。そしてさらに、

「こたびも大半の品の買い手がついております。ご安心ください」

と付け加えた。

「中居様、父の出府は藩物産所の視察と日光社参にございますか」

「そう聞いておる。藩にはさしあたって大きな気がかりがないでな。ご家老も一息つかれ、江戸の物産事情を確かめたいと考えられたのではないか」

と答えた。

磐音たちが見守る中で帆が下ろされ、碇が、
どぶん
と水飛沫《みずしぶき》を上げて海に放り込まれた。

帆柱下まで荷を積んだ船の船縁に陣笠《じんがさ》を被った二人の武家が立っていた。

坂崎正睦と東源之丞だ。

縄梯子《なわばしご》を伝い、よたよたと船に上がっていくのは江戸家老の利高の姿だった。

「おこんさん、父上は右に立っておられる」

おこんは説明を待つまでもなく正睦にひたっと視線を向けていた。そして、どことなく磐音と風貌が似通った正睦にどう挨拶してよいのか、おこんは迷っていた。

「坂崎、本日、ご家老方はすぐに藩屋敷に入られる。殿もお待ちゆえな。そなたらも同道せぬか」

と半蔵が誘った。

「中居様、それがしは藩を離れた者にございます。なんじょうあって屋敷を訪ねられましょうか」

「実高様が申されたわ。磐音ならばそう申して遠慮しようとな。藩の物産所が軌道にのり、藩財政が改善に向かった一番の力は、皮肉なことに藩を出たそなた、坂崎磐音の功績じゃ。その者が一番貧乏くじを引いておる。実高様も常々そのことを気にかけておられる」

「そのようなことはございません。それに藩を出たのはそれがしの勝手にございます」

「坂崎、実高様のお言葉である」

語調を改めた半蔵が、

「国家老坂崎正睦の江戸滞在の間、機会を作るゆえ三人で酒を酌み交わそうぞ、その誘いは断るでない、と仰せられた。よいな、このお言葉、反故《ほご》にするでない」

「はっ」

と磐音は畏《かしこ》まった。

借上げ船の舷側《げんそく》に別の小舟が取り付き、正睦と源之丞の二人が移乗して船着場へと漕ぎ寄せてきた。

半蔵と義三郎が出迎えのために船着場へと下りた。

佃島の岸に残ったのは磐音とおこんだけだ。

「藩を出たことを悔やんでないの。お父上のお手伝いを直にできないことを寂しく思ってないの」

おこんが訊いた。

「おこんさん、それがしは一度たりともそのことを悔いたことはない。中居様は過分な言葉を述べられた。それがしが藩内にいて藩財政の建て直しの手伝いがどれほどできたか。浪々の身になり、今津屋どのや若狭屋どの方と知り合えて、ようやくこのように実のなる手伝いができたのだ。藩に残っていたらできないことであった」

「自分をそれほどまで粗末にしなくてもいいものを。ほんとうに坂崎さんって損な性分ね」

「いや、得な性分かもしれぬ。こうやっておこんさんと知り合えたのだからな」

おこんがちらりと磐音を見た。

船着場では正睦らを乗せた小舟が着き、別の舟に乗り換えて鉄砲洲河岸に向かう様子だ。一行はいったん佃島に上陸した。

そこで改めて出迎えの福坂利高、家臣らと挨拶が交わされ、磐音の目には老いを皺《しわ》に刻みつけた父の横顔が確かめられた。

その視線がふいに磐音に向けられた。出迎えの人々になにかを断った正睦がただ一人つかつかと船着場から佃島へと上がってきた。

磐音は黙って頭を下げて迎えた。そのかたわらから一歩後方に身を引いたおこんが腰を折った。

「磐音、堅固でなによりじゃ」

「父上、船旅ご苦労にございました」

うーむ、と頷いた正睦の目が、まだ腰を折ったままのおこんに向けられた。

「おこんさんじゃな、磐音が世話になっておる。父の正睦にござる。このとおり、礼を申す」

正睦がおこんと同じように腰を折って応じた。

おこんはなにか答えようとしたが言葉にならなかった。

「源太郎《げんたろう》が申したこと、真に正しかったわ。磐音、そなたは果報者じゃな、おこんさんのような女性《にょしょう》に知り合えて」

源太郎とは、磐音の妹伊代《いよ》の亭主井筒《いづつ》源太郎のことだ。源太郎が出府した折り、源太郎とおこんは会っていた。

「勿体《もったい》なきお言葉にございます」

おこんは顔を伏せたままその言葉を絞り出した。

「磐音、実高様のお許しもある。おこんさんと一緒にゆっくり会おうぞ」

「はい」

と答えた磐音が訊いた。

「父上、日光社参には随行なされますな」

「そのつもりで出府してきた」

「それがしも同道いたします」

「なにっ、そなたも」

磐音は手短に随行の事情を述べた。

「なんとそなたは幕臣として日光に参るか」

正睦の顔に感激の表情が漂った。

「かたちは勘定奉行太田播磨守様の家臣ということになりますが、今津屋どのの支配下で働くことになろうと思います」

「吉右衛門どのにもお目にかかり、日頃の礼を申したかった」

と言った正睦はおこんに、

「おこんさん、正睦の願いを聞き届けていただきたい、と伝えてくれぬか」

ようやく顔を上げたおこんが、

「承知しました」

と答え、正睦が船着場に降りていった。

佃島から人の気配が消えた。

若狭屋の義三郎は到着した借上げ船に向かい、荷の再確認と明日からの荷揚げの手順の打ち合わせに入っていた。

人影の少なくなった船着場に最後の渡し舟が入った。

磐音とおこんはその渡し舟に乗った。

渡し舟が船着場を離れたとき、西の空が残照に染まった。その茜色《あかね》がおこんの白い顔を照らし付けていた。

「磐音様」

とおこんが磐音の名を呼んだ。普段とは異なる呼び方であり、語調だった。

磐音は黙っておこんに視線を向けた。

「私は正睦様にお目にかかり、胸が熱くなりました」

「よかった」

とだけ磐音は答えていた。

二人の間にはもはやそれ以上の言葉はいらなかった。

これからおこんとの仲がどうなるのか、磐音にも分からなかった。だが、奈緒と同じように、いや、それ以上に守っていくべき存在かもしれなかった。

その思いが伝わったか、おこんが磐音の掌《て》に自分の手を重ねた。温もりが互いの存在を近いものにしていた。

最後の渡し舟の舳先が鉄砲洲河岸の船着場に、
こつん
と当たり、短い、幸せに満ちたおこんの船旅は終わった。

暮れなずむ河岸に、磐音はおこんを乗せる駕籠を探した。

その前に立った人物がいた。

羽織袴姿は屋敷奉公の武家と知れた。

歳の頃は三十五、六か。がっちりとした体軀《たいく》と堂々とした応対ぶりから、武術にいささかの自信があることが推察された。

「坂崎磐音どのだな」

「いかにも」

「それがし、豊後関前藩江戸屋敷勤番を最近命じられた伊藤忠伍《いとうちゅうご》と申す者にござる。わが伊藤家は番屋勤めにござれば、これまで顔を合わせたことはございませなんだ」

磐音は相手の言葉に小さく頷いた。

伊藤が何用あって待ち受けていたか、見当が付かなかった。

「ただ今、それがし、江戸家老福坂利高様の支配下で御番衆の一人にござる」

先ほど佃島でこの伊藤がいたかどうか磐音は気付かなかった。

「むろんそなた様が、国家老どのの嫡男、坂崎磐音どのとは承知にござる。同時に、すでに豊後関前藩とは無縁の方ともな」

「いかにもさようにござる」

「江戸家老福坂利高様の言伝にござる。藩を抜けし者がうろうろと江戸屋敷の周りをうろつくは餌《え》にたかる野良犬の如し、江戸屋敷も迷惑なれば以後近付かぬように願いたい、とのことにござる」

おこんが小さな悲鳴を上げて、なにか言いかけた。それを制した磐音が、

「福坂利高様の言伝、しかと承った」

「得心なされたということか」

磐音がゆっくりと顔を横に振った。

「それがし、確かに豊後関前藩の緑を離れ申した。さりながら、坂崎家と身内の縁を切った覚えはござらぬ。父上が江戸に出て参られれば密かに挨拶に出る、これ人の道にございましょうや」

「ご家老の言伝を聞けぬと申されるか」

伊藤の体に殺気が漂った。

「江戸家老に命じられる謂れなし」

磐音はおこんを背に回した。

「伊藤どの、そなたまだ江戸暮らしに慣れておられぬ様子、江戸には江戸の事情があり、その他、諸々の縁もござる。利高様にお伝え願おう。近々面談の上、ご挨拶申し上げるとな」

「なにっ」

伊藤の体が沈んだ。

磐音は伊藤の殺気をさらりと躱《かわ》し、

「伊藤どの、行かれよ。われらには迷惑にござる」

と言い放った。

伊藤の顔が憤怒に染まり、逡巡の様子を見せていたが、

ふいっ

と背を回して足早に鉄砲洲河岸から姿を消した。

しばらく沈黙があった。

「居眠り磐音も昔とはだいぶ変わったわね」

「江戸の荒波に揉まれたでな」

薄闇《うすやみ》に、磐音とおこんの笑いが期せずして起こった。

第五章　カピタン拝謁

一

阿蘭陀商館長《カピタン》フェイトを正使とする阿蘭陀人一行が家治に拝謁する朝、江戸の町は澄み渡るような青空を予兆させる陽《ひ》が昇ろうとしていた。

本石町三丁目の紅毛人旅籠《はたご》長崎屋ではその未明から玄関先が掃除され、打ち水がうたれ、埃《ほこり》が立たないようにしたところに、長崎から随行してきた長崎奉行支配下の大検使以下二百余名が集まり、久しぶりに供揃いが組まれることになった。

拝謁のための登城である。

正使であるフェイト、随行する副使ツュンベリーらも、欧羅巴《ヨーロッパ》の社交界でも滅多に着る機会のない金モールに縁取りされた長コートを着用し、ビロードのズボンにぴかぴかに磨かれた革長靴を履き、帯剣した。

微光が江戸の町に射し込み始めた刻限、長崎屋の前には大勢の人だかりがあった。紅毛人の行列を見る野次馬たちで、江戸ばかりか近郷近在から出てきている者もいた。

その野次馬の中には江戸勤番の侍たちも大勢混じり、お国訛りで声高に話していた。

「紅毛人と申すはほんとんこつ、赤毛でごわすか」

「昔から赤毛鷲《わし》っ鼻と決まっちょる」

磐音はおこんを連れて人込みの中に混じり、フェイトとツュンベリーの、将軍家、家基様拝謁を見送りに来ていた。

「驚いたわ。朝もまだ明けきってないというのに、この人だかりよ。なんて物見高い人ばかりなんだろう」

あちらこちらから押されたおこんが訴えた。自分のことはすっかり棚に上げている。

前夜から今津屋の階段下の小部屋に泊まり、一行の見送りのため長崎屋に来ることを考えた磐音だが、まさかこれほどの野次馬とは想像もしなかった。

「押すねえ、潰れるじゃねえか！」

「神田明神の神輿渡御《みこしとぎょ》じゃねえや、そう激しく揉《も》むんじゃねえ。年寄り子供連れだ！」

「だれでえ、異人見物に年寄り子供を連れてきたのはよ」

とあちらこちらで小競り合いが起きるほどだ。

「呆れた」

とおこんが洩らし、磐音はおこんの身を守ろうと背に回った。前方から警護の町役人の、

「押すでない、下がれ下がれ！」

という命が響き、六尺棒を横にした小者に押し戻されたか、野次馬の波が今度は後ろ側へと流れていった。

偶然にも磐音とおこんの前で左右に人の波が分かれ、二人はその場に取り残された。すると六尺棒を持った町奉行所の小者たちが控え、長崎屋の玄関先が正面に見えた。

「坂崎さん、おこんさん、見えておられたか」

白鉢巻白襷《しろたすき》の南町奉行所定廻り同心木下一郎太が股立ちをとった姿で、六尺棒を持った小者を掻き分け、二人のかたわらに来た。

「まるで捕り物仕度の勇ましい格好ねえ」

「おこんさん、笹塚様のお指図です。例年、拝謁の日には野次馬が多いゆえ、事故も多い。それを未然に防ぐために、われら町役人も出張りのような格好に威儀を正して警戒に当たれというわけです」

「それはご苦労に存じます」

磐音は友の御用を労《ねぎら》った。

「坂崎さん、おこんさん、こちらにいらっしゃい」

一郎太は町奉行所の警戒線の中に二人を入れてくれた。磐音は友の職権を利用したようで引け目を感じたが、一郎太は、

「坂崎さんはそれだけのお仕事をなさってきたんです」

と行列が出立《しゅったつ》するのを正面に見ることができる場所を確保してくれた。

いくら老中田沼意次や将軍家御典医の池原雲伯らがツュンベリーを疎ましく思おうと、今日ばかりは手出しができなかった。

家治の招きで御城に参内《さんだい》する正使副使を襲うことは適わなかったからだ。

そんなわけで磐音は長崎屋の出立を見物に来ることができたのだ。

長崎屋の玄関先にフェイトとツュンベリーらの姿が見えた。煌々《こうこう》と照らされた灯りに金モールが輝き、
うおおっ
という野次馬の歓声が上がった。

長崎奉行支配下の者たちが行列を組んだ。正使副使の乗り物の後ろには、南蛮からこの日のために用意してきた将軍家治への献上品、老中への進物などが乗った無数の輿が従っていた。

二人の異人が帯剣をがちゃつかせながら苦労して乗り物に乗り込んだ。

長崎からの付添検使の与力が目を血走らせて、行列の先頭から最後尾までを確かめて歩く。この日のために長の道中をやってきたのだ。ここで失態があっては腹を切るだけでは済まなかった。主の長崎奉行にもその責めが回った。それだけに必死の形相で遺漏がないかどうか調べ、

「阿蘭陀商館長一行、お立ち！」

の命を、緊張した声で発した。

行列がゆっくりと進み始め、一郎太ら警護の者もそれに合わせるように進んで

いく。威儀を正した商館長の行列は真っ直ぐに江戸城へと入るわけではなかった。江戸の町中をわざわざ進んで、阿蘭陀人が将軍家へ、

「長崎通商免許御礼」

に参上することを知らしめた。そのためにフェイトらは窮屈にも剣を帯びた格好で乗り物に揺られることになるのだ。

行列に従い、野次馬も移動して、日本橋へと向かっていった。

長崎屋の前から急速に人並みが消えて、朝の光の中に磬音とおこんが取り残された。

「甫周先生と淳庵先生はどうしておいでなの」

「桂川さんは家治様のお医師だから、御城で出迎えられるであろう。中川さんは若狭小浜藩の医師だから、本来ならばこの行事に関わりなきことだが、通詞として御城に招かれているということだ」

「商館長一行には通詞はいないの」

二人は肩を並べ、行列とは反対方角の浅草御門へと進みながら話し合った。

「大通詞、小通詞、何人もの通詞が加わっておられる。ところが今年は種姫様の麻疹《はしか》治療の一件があった。ツュンベリー先生の通詞を務めた中川さんの慰労もあ

って、御城に招かれたと聞いている。それに通詞と言うても医学の言葉は分かりにくい。家治様からご下問があったとき、中川さんの阿蘭陀語が役に立つからな」

「公方《くぼう》様から淳庵先生はお褒めの言葉をいただくの」

「若狭小浜藩の藩医が御城に招かれたこと自体が稀有なこと、藩主酒井様にとっても誇らしいことであろう。なにしろ種姫様の麻疹は全快されたということだからな」

「まだまだ麻疹は流行《はや》っているわ。淳庵先生や桂川先生に頑張ってもらわなきゃねえ」

安永五年二月に流行り始めた麻疹はいったん下火に向かう様子を見せたが、再び猛威を振るう兆候を見せ始めていた。

「お二人の麻疹との戦いはこれからだな」

二人は朝まだきの牢《ろう》屋敷前を過ぎ、入堀を渡り、旅人宿、公事宿《くじやど》が軒を連ねる馬喰町《ばくろちょう》から浅草御門に出た。

分銅看板が揺れる今津屋は目の前だ。

さすがに人の少ない店先を、小僧の宮松たちが箒《ほうき》を持って掃除をしていた。

「ご苦労さまでした。カピタンのお行列はどうでした」

ちょっぴり羨ましそうな顔で宮松が訊き、

「賑やかだったわよ」

とおこんが答えた。

「そうだ、おそめちゃんがおっ母さんと見えてますよ」

「あら、こんなに早く」

「おそめちゃんが今津屋に奉公するのは今日からか」

おこんと磐音が通用口を潜《くぐ》ろうとすると新三郎が、

「お待ちください。ただ今、大戸を開けますから」

と間口の広い大戸を手際よく開けてくれた。

「ありがとう、新三郎さん」

店先にはおそめの姿はなかった。

おこんと磐音は急いで台所に行ってみた。すると風呂敷包みをかたわらに置いたおそめと母親のおきんが緊張の面持ちで老分の由蔵と話をしていた。

すでに今津屋の台所は朝餉の仕度で女衆が忙《せわ》しげに立ち働いていた。

「老分さん、おそめちゃん、留守をしてごめんなさい」

「奉公は昼前に伺うのが慣わしだって長屋の方から聞きましたが、早過ぎましたか」

とおそめがおこんの顔を見て、ほっとした表情を見せた後、刻限を気にした。

かたわらの母親がぺこぺこと頭を下げた。

「おきんさん、おそめちゃんなら心配はいらないわ。私がついているんだから、どーんと任せなさいな」

「老分どのもおられるし、何でも尋ねられるとよい」

おこんのかたわらから磐音も言葉を添えた。

「老分さん、なにか言っておくことはありますか」

おこんが由蔵に訊いた。

「台所と奥はおこんさんとおつ、おつねたち女衆の世界でな、まあ、二人でおそめの働き易いようにしてやりなされ」

由蔵がおつねを呼んでおそめを引き合わせた。すでに額に汗をかいたおつねが、

「老分さん、おこんさんから話は聞いてますよ。まだ体もできてないおそめちゃんだ。台所仕事は無理がございますって。わたしゃ、おこんさんに従い、奥向きを手伝われちゃどうかと思うがねえ。今年は奥が忙しいし、猫の手も借りたいほ

どになろうからね」

おつねは亡くなったお艶の三回忌法会にお佐紀の輿入れが続くことを言った。

「そうだねえ、そうしてもらおうか」

由蔵が許しを与えた。これでおこんが考えていた方向で話がついたことになる。

「おこんさん、おつねさん、なんでもやります。指図をお願い申します」

おそめが板の間に両手を突いて頭を下げ、母親のおきんも慌ててそれに従った。

「おそめちゃん、まず奥の仏間のお水を替えることから教えるわ」

おこんの言葉に、おそめが懐に用意してきたしごき紐で手早く襷にかけた。その様子を由蔵が頷くように見て店に立った。母親は、

「皆さん、よろしゅうお願い申します」

と辞去する様子を見せた。

奥に向かったおこんとおそめの代わりに磐音がおきんを店先まで見送っていった。

すでに今津屋では朝の商いが始まっていた。小商いや棒手振《ぼてふ》り商いの者たちが釣銭の銭緡《ぜにさし》の交換に姿を見せていたのだ。

そんな様子に圧倒されて口も利けない母親に、

「おきんどの、おそめちゃんのことならなんの心配もいらぬぞ。なにしろ深川育ちのおこんさんがおられるのだからな」

磐音は明るい調子で念を押すように繰り返した。

「お侍、おそめは長屋の暮らししか知っちゃいないんだ。こんな大店《おおだな》で勤められようかねえ」

それでもおきんは不安の様子を見せた。

「親が考えるよりも子は育っているものでな。おそめちゃんならば一切心配はいらぬ」

「よろしゅう頼みます」

と何度も頭を下げたおきんが、ようやく人が出始めた両国西広小路の雑踏へと姿を消した。そんな様子を眺めていた宮松が、

「坂崎様、親ってのは、そんなに娘を信用できないものですかねえ」

「世間に初めて出すのだ。心配せぬ親があろうか。宮松どののときはどうだったな」

「そういえば、うちのおっ母さんも付いてきたな。そんでさ、三度三度の食事はちゃんと小僧まで回ってくるかとかさ、根掘り葉掘りおつねさん方に訊いていっ

たっけ」

「そうであろう。それが親の情というものでな」

磬音と宮松は、娘の奉公を案じつつ深川の裏長屋に戻る母親の消えた両国橋の方向を眺めた。

「小僧どん、朝餉の仕度ができたぞ」

おきよの声が店先に響き、宮松は慌てて台所に向かった。

大勢の奉公人を抱える今津屋では、朝餉と昼餉は手隙《てすき》の者から交代で膳の前に座るのだ。

すでに膳には十数人の男衆が座って、大根と油揚げの刻み込まれた味噌《みそ》汁が運ばれるのを待っていた。

その向こうでは、朝に炊かれた奥向きの釜《かま》から最初に仏壇と神棚に供えるご飯が、おこんとおそめの手で用意されていた。

「ほれ、宮松どのも膳につかれるがよい」

そう命じた磬音は広い台所の一角にある火鉢のそばに寄り、ちんちんと沸く鉄瓶の湯で茶を淹れた。

磬音は急いで食べる要もない。

自ら茶を淹れて一服した。

「後見、カピタンのご一行は無事に御城に上がられましたか」

支配人の和七《わしち》が訊いてきた。

「無事出立なされた。初めて見たがなかなかの威勢で、異国の町の佇まいが垣間見えたな」

「異国か。どんなところでございましょうね」

「はて、どんなところかな」

磐音にも想像がつかなかった。

炊きたての飯と野菜の煮物、それに味噌汁で慌ただしく朝餉を掻き込んだ和七たちが店に戻り、第二陣、第三陣と交代して、最後に由蔵が姿を見せた。

磐音は茶を淹れて由蔵の前に出した。

「後見に茶を淹れていただけるとは恐縮にございますな」

もはや男の奉公人は朝餉を終え、台所にのんびりとした時間が流れていた。

朝の一連の習わしを終えたおこんとおそめが台所に引き上げてきて、吉右衛門のお膳を用意してまた運んでいった。

「老分さん、飯を装っていいかねえ」

おつねの問いに、

「後見と一緒に願おうかな」

「万事承知ですよ」

と今津屋の台所を仕切るおつねが、若い女衆を指図して箱膳を運ばせた。二人の膳には鰈《かれい》の干物に大根下ろし、菜の花のお浸しが付いていた。

「老分さん、その鰈はよ、新しいお内儀様の実家から届いたものだよ」

「おおっ、お佐紀様の届け物か。相模灘の鰈なれば美味かろう」

と答えた由蔵が、

「後見、いただきましょうかな」

と箸《はし》を取り上げた。

板の間では男衆の膳が片付けられ、女衆の朝餉の仕度が整えられていた。

おそめが一人で台所に戻ってきた。

「おこんさんは旦那様のお給仕に残られました」

おそめは板の間に座してだれにいうともなく報告した。

「ご苦労さん、おそめちゃん」

とおつねが労い、

「ほれ、おまえさんのお膳はここだよ。一緒に食べようかねえ」

「おこんさんを待たなくてよろしいのですか」

「おこんさんは奥だ、店だと忙しいでな。まず食べなされ」

と由蔵が許しを与えた。

由蔵、磐音らと女衆の席の間は少し離れていた。それがおつねたちにとって気楽なのだろう。朝から忙しく働き回った女衆が膳につき、

「いただきます」

と一斉に箸を取った。

磐音はおそめが緊張した面持ちで膳に向かうのを確かめ、ようやく味噌汁の椀《わん》を取り上げた。

こうなれば磐音は無心に汁を飲み、鰈の干物を味わい、飯を食することに没入した。すべてが美味しかった。

無心に食べる磐音の集中が胴間声に破られた。

「おや、朝餉の刻限にござったか。これはしたり、悪い時間《とき》に参ったな」

磐音が視線を店からの三和土《たたき》廊下に向けると、竹村武左衛門が片手で項《うなじ》を撫《な》でながら立っていた。

「おや、今日はお仕事でしたかな」

由蔵が武左衛門に訊いた。

「いや、朝から女房と口論をいたしましてな、朝餉も食せず長屋を飛び出してござる。ひょっとしたら今津屋さんのこと、なんぞ俄か仕事でも生じておるのではないかと思うたまでにござる。御用がなければこのまま退散いたそう」

と後退《あとじさ》りする武左衛門に磐音が、

「ちょうどよかった。竹村さんに内々に相談があったのです」

と言いかけ、ちょうど奥から吉右衛門の膳を下げてきたおこんが事情を悟ると、

「おつねさん、竹村様にお膳を用意して」

と命じた。

「いや、これは気を遣わせて相すまぬことだが、遠慮いたそう。坂崎さんの用事は表にて聞き申そう」

一応遠慮の様子を見せる武左衛門に由蔵が、

「後見の用事は今津屋の御用にございますよ。遠慮なさらず、ほれ、こちらへ」

と板の間に差し招いた。むろん由蔵も、磐音に格別に用事があると思っていたわけではない。竹村の苦衷《くちゅう》を察してのことだ。

「これは美味しい味噌汁じゃな」

武左衛門は丼《どんぶり》飯を二杯、味噌汁を三杯お代わりしてようやく落ち着いた。

その様子におそめが呆れたり感心したりして、奉公に上がった初日の緊張を忘れた。


その刻限、阿蘭陀商館長フェイトの一行は、ようやく大手御門から御城へと入っていった。

さらに下乗御門を潜った一行は、そこでようやく乗り物から外に出ることを許された。だが、すぐに中奥へと案内されたわけではなかった。

フェイトとツュンベリーは玄関の式台前で半刻（一時間）余り待機させられた。植物学者であるツュンベリーは白砂の敷かれた庭の一角の松を眺めて、

（このような枝振りにするには、庭師はどのような技を使うのであろうか）

と無為な時をなんとか潰そうとしていた。

一方、商館長のフェイトは三度目の将軍家の拝謁、待たされることも仕事のうちとばかり悠然と構えていた。

二

坂崎磐音と竹村武左衛門は、日本橋の魚河岸の一角にある若狭屋の豊後関前藩からの荷揚げ具合を見に行った。ちょうど地引河岸に荷船で陸揚げされた海産物の菰《こも》包みが運ばれてきたところで、番頭の義三郎と関前藩物産所の組頭中居半蔵が小刀で縄を切り、昆布を取り出して味見をしていた。

「これなれば質も中位です、値もそこそこで取引できますよ」

「いつもそうじゃが、荷が着いて番頭どのの検査を受けるときが一番どきどきいたすな」

とほっとした様子で笑いかけた半蔵が磐音に気付いて、

「そなたも気になったとみえるな」

「どうです、荷揚げの具合は」

「順調と言いたいが、荷船が足りぬ、人足が足りぬ。ちと予測より刻限がかかろうか」

「日光社参の先発隊に、船も人も馬もとられてましてな」

と半蔵と義三郎がぼやいた。

「番頭どの、人が足りぬというは確かなことか」

武左衛門が急に張り切り、

「それがし、偶々《たまたま》仕事を求めておってな、船からの荷下ろしには慣れておる」

と義三郎の前に出ていった。

驚いた義三郎がどうしたものかという顔付きで磐音を振り返った。

「それがしの知り合いにございます。怪しい方ではございませぬ、もし差し支えなければお願いします」

と頼んだ。

「うちは一人でも手が多いほうが助かります。お武家様はよろしいので」

「おおっ、これからでも大丈夫じゃあ」

磐音は義三郎に頭を下げた。

「ならば地引河岸に参りましょう。荷船の船頭に頼みますでな」

「番頭どの、相すまぬが、身どもの差料を預かってくれぬか。仕事が終われば取りに参る」

武左衛門は慣れたもので、塗りの剝げた刀を抜くと若狭屋の店に置き、懐から手拭いを出すと頬被《ほおかむ》りした。

「さあ、参ろうか」

呆れ顔の半蔵と義三郎の前を武左衛門がのしのしと地引河岸に向かった。

「坂崎、そなたにはなんとも多彩な知り合いがおるのう」

「深川暮らしは助け合わねばやっていけませぬ」

磐音も平然と答えた。

今津屋から曰《いわ》くありげに連れ出したはいいが、どうしたものかと迷っていたところだ。しかし、こう早く仕事の口が見付かるとは、武左衛門の願いを神が聞き入れてくれたのではと思ったりした。

地引河岸では、豊後関前藩の借上げ船から荷積みしてきた荷船が二隻、荷下ろしをしていた。

「頭《かしら》、助っ人を一人見付けた。働かしてやってもらえませんか」

と荷揚げ人足の親方に義三郎が声をかけると、武左衛門がひょいと荷船に飛んだ。その顔を見た親方が、

「なんだ、竹村の旦那かえ。手を抜かずに働いてくれよ」

と注意を与えつつも、仕方がないかという表情を見せた。

二人は知り合いのようだ。なにしろ武左衛門は貧乏浪人の子だくさん。いつも仕事を求めて歩いているので、その筋には知り合いが多かった。

「頭、若狭屋直々《じきじき》の声がかりじゃ。番頭どのの面目《めんぼく》を潰すようなことは、この竹村武左衛門、金輪際いたさぬぞ」

「口先だけだからねえ、竹村の旦那は」

「これこれ、若狭屋の番頭どのの前でなんということを」

武左衛門はひょいと菰包みを担ぎ、荷船から河岸へと渡された船板を器用にも腰で均衡を取りつつ上がってきた。

義三郎も半蔵も武左衛門の逞《たくま》しさに圧倒されたか、黙っていた。ようやく半蔵が磐音に声をかけたのは、武左衛門の姿が河岸から消えてからだ。

「坂崎、佃島沖に参らぬか。ちと荷揚げの様子を見ておきたいでな」

「お供いたします」

二人は空になった荷船に乗り、それを見た船頭が竿で河岸の石垣を突いて船を出した。

義三郎に見送られた二人は荷船の真ん中に並んで腰を下ろした。船が櫓に替えられたとき、半蔵が、

「正睦様は昨夜《ゆうべ》のうちに殿にご挨拶なされた。殿は御用船が江戸に無事着いたというのでご機嫌麗しゅうてな、なぜ磐音を誘わなかったと正睦様に何度も申されておったぞ」

「有難き思《おぼ》し召しにございます」

とだけ磐音は答えた。

「磐音、正睦様の江戸入りの任務が推測されたか」

と半蔵が声を潜めた。

父の正睦の江戸入りは、関前藩の直売所の店開きと日光社参の随行の二つが表立ったものだった。その他にあると半蔵の書状に仄《ほの》めかしてあったが、極秘の任がなにか磐音には予測が付かなかった。

「殿と正睦様が会われた場に、それがしだけが同席した時間があった。その折り、お二人の話された会話から推測して、江戸家老福坂利高様の処遇じゃな」

藩主実高の従兄弟にあたる利高を江戸家老に抜擢したのは坂崎正睦だった。だが、眼鏡《めがね》違いで、江戸藩邸の半蔵らはその扱いに苦慮していた。

「坂崎、そなただから申す。江戸屋敷の交際費が、この一年余り急速に膨らんでおる。日光社参を控えて藩同士の付き合いも増えておるゆえ、それは致し方なきことではある。だがな、留守居役が消費する金子より利高様が使われる金子が何倍も多いのだ。昼間からの茶屋酒よ」

と半蔵が呆れたように言った。

「藩の財政はようやく改善の兆しが見えたところだ。胸突き八丁はこれからだというときに、江戸家老自身が率先しての茶屋遊びでは示しがつかぬ。それも昼間からだ」

磐音は小さな溜息をついた。

荷船は大川へと出ていた。川面には荷足舟、猪牙舟などが忙《せわ》しげに往来する光景が見られた。

「藩目付がな、江戸屋敷の金子の勘定が合わぬことに気付いたのはふた月も前のことだ。帳簿上の数字と金子は一致しておる。だが、帳簿を改竄《かいざん》した跡があるそうな。本来あるべき金子から三百余両が不足しておることを突き止め、藩物産所組頭のそれがしに耳打ちしおった。それも最近のことだ。おそらく正睦様にはもっと早くその話が伝わっていたものと思われる」

磐音は重い息を吐いた。父の苦労を思ってだ。

「正睦様は殿の助けになればと考えられ、利高様を江戸に送り込まれた。それがこのざまだ。内心、責任を感じておられる。それが昨夜の会談に見えた」

「殿はどう仰せられました」

「ただ今、藩が一丸となって改革に取り組んでおるときに、茶屋遊びに現《うつつ》を抜かすとはけしからぬ。正睦、血筋などに遠慮をするでない、火急果断に処置せよ、と全権を正睦様に預けられた」

「父上の心痛が思いやられます」

「坂崎、それがしがこの話をそなたにしたのは、そなたの力なしにはこの処断成就せぬと思うたからだ」

磐音が横に座る半蔵を見た。

「言うでないぞ、私は藩を出た者などとな。実高様の心底を思え、正睦様の心中を察せよ。間違うてもそのような言葉は吐けぬはずだ、そなたならばな」

「それがしにどうせよと言われますので」

「正睦様の胸三寸、お心が定まったときには手伝え。そうでなければ、そなたらが思い描いた藩改革は成就せぬことになる。となれば、その捨て石になった河出慎之輔、小林琴平の霊が浮かばれぬわ」

半蔵は昔話まで持ち出してきた。藩命とはいえ志を同じくする友同士が相戦わされた、辛《つら》い記憶であった。

舳先の向こうに佃島が見えてきた。

「利高様には股肱《ここう》のご家来が何人かおられる様子ですが」

磐音は鉄砲洲河岸で待ち伏せしていた御番衆伊藤忠伍の風貌を思いながら訊いた。

「最近は周りを固めておられる。中でも腕が立つのは、最近国表《くにおもて》から江戸替えになった伊藤忠伍と申すものだ」

「会いました」

と磐音が鉄砲洲河岸での対面を告げた。

「なにっ、あやつがそのような不埒《ふらち》をのう」

と答えた半蔵は、

「あやつ、愛洲移香斎《あいすいこうさい》様の流れを汲む愛洲陰流《あいすかげの》剣術を独学で学んだ遣い手だそうな。気をつけよ」

と注意した。

磐音は、対面しただけで醸し出す伊藤忠伍の雰囲気からそれは察していた。

「そなた、日光社参に随行するそうだな」

半蔵がふいに話題を変えた。

「今津屋の一員としてです」

「正睦様が殿に報告しておられたで聞いた。殿が嘆息なされておられたわ。関前藩を出た磐音を幕府が利用なされるかとな」

「それがしの力ではどうにも抗うことはできませぬ。宿命《さだめ》とでも考えるしかございませぬ」

「そなたは幸せな人間なのか、損な性分なのか」

今度は半蔵が嘆息した。

「それがしの勘だ。日光社参の折りに正睦様からそなたへ話しかけがあろう。磐音、江戸屋敷の目付もわれらも、殿の意向を汲んだ正睦様の命に従い、動く。手に余るとき、そなたの助けが要る、よいな」

磐音は答えなかった。

半蔵はそれを承知したと受け取ったようで、それ以上念は押さなかった。

荷船が佃島を回り込むと、帆を下ろした関前藩の借上げ船が見えてきた。

阿蘭陀商館長フェイトとツュンベリーの一行は未だ将軍家治との面会が叶わな

かった。控え部屋でさらに半刻（一時間）待たされていた。その上でようやく家治との謁見《えっけん》の座敷へと移動した。

上段の間が付いた謁見の間に入ると、長崎から随行してきた役人が座敷の反対に座り、二人の異国人はそれと向かい合うように座らされた。

謁見に慣れたフェイトは足を投げ出して座ると、着てきた金モールの長コートを足にかけて隠した。それをツュンベリーも真似た。ようやく余裕の出たツュンベリーは周りを見回した。

阿蘭陀商館長側には通詞だけが従っていた。

ツュンベリーの目に見知った顔が見えた。

桂川甫周と中川淳庵の二人が師のそばに来て、淳庵が堪能《たんのう》な阿蘭陀語で話しかけた。

「フェイト商館長、ツュンベリー先生、ご苦労にございます。ただ今種姫様の御従兄弟、一橋家徳川治済《はるさだ》様がお見えになり、お礼を申し上げたいそうです」

その言葉が終わらぬうちに、絹の立派な召し物を着た人物が謁見の間に入ってきた。座敷にざわめきが起こった。それがすぐに鎮まると治済がツュンベリーの前に座り、いきなり手を取って上下に揺すって何事かを告げた。

治済は、種姫の実父田安宗武が亡くなり、その跡を継いだ治察《はるあき》も安永三年（一七七四）に死んで、田安徳川家が明屋敷《あけやしき》になっていることを気にして、種姫の代父を務めようとしていた。ちなみに天明《てんめい》七年（一七八七）、治済の長男家斉が十一代将軍に就き、治済は幕政に隠然たる力を振るう人物となる。

「治済様は種姫様の麻疹快癒《かいゆ》を非常に喜ばれ、先生に感謝すると仰せです」

「ジュンアン、医者の務めと申し上げてくれぬか」

淳庵と治済が何事か言葉を交わし、感激の面持ちの治済が後ろに従えた供を振り返った。すると漆《うるし》塗りの大きな膳の上に紫の布に包まれた品が差し出された。

淳庵が、

「治済様からのお気持ちにございます」

と言葉を添え、ツュンベリーは、

「ジュンアン、ともかく丁重に礼を述べてくれ」

と頼んだ。

その後も次々に、三百諸侯のうち雄藩の藩主たちが阿蘭陀商館長の江戸入りを歓迎する辞を添えて、やってきては二人に扇子《せんす》などを見せたり、くれたりした。

そんな行事が延々と続いた。

これが外交か、と思いつつもツュンベリーは痺《しび》れる足を撫でた。朝方、長崎屋を出て、もはや二刻（四時間）以上が過ぎていた。

ふいに、

しいっしいっ

という声が響き、広間に緊張が走った。

商館長のフェイトを見ると慌てて膝から長コートを取っていた。ツュンベリーもその行動を見習った。

八つ半（午後三時）を過ぎた刻限、豊後関前藩借上げ船に屋根船が横付けされた。縄梯子を上がってきたのは江戸家老福坂利高だ。

磐音の目には屋根船に女が、そして腰巾着《こしぎんちゃく》の小此木《おこのぎ》平助《へいすけ》と棟内《むねうち》多門《たもん》らがいるのが分かった。また、利高が微醺《びくん》を帯びているのも見えた。

利高もすぐに磐音に気付いた。つかつかと歩み寄ってきた利高が、

「そのほう、豊後関前藩には関わりなき者であったな。何用あって藩の御用船に乗船しておる。早々に立ち去れ、許さぬ！」

と酒臭い息の口から声を張り上げた。

磐音は黙って頭を下げた。

「坂崎、過日、藩は抜けても親子の縁を切った覚えはないと啖呵《たんか》をきったそうだな。武士道に照らせば、藩を脱したとき、一族の縁も切れたと考えるのが至当である。考え違いをいたすでない！」

利高の甲高《かんだか》い喚き声が船上に響いた。

船倉にいた半蔵が走り戻ってきた。

「ご家老、ちと言葉が過ぎまする」

「中居半蔵、そのほう、なにゆえこの者を庇《かば》うか。事と次第によってはそのほうも許さぬぞ！」

「ご家老、豊後関前藩と江戸を結ぶ領内物産の交易路を開いたのは、この坂崎磐音にございます。磐音なくばこの御用船もこの場にはありませぬ」

「それがどうした。いつまでもその功を誇り、余禄《よろく》に与《あずか》ろうという考え、意地汚し」

「申されましたな。ならばこの中居半蔵が申し述べます。この交易、今もって江戸両替商六百軒の筆頭、両替屋行司今津屋と乾物問屋の若狭屋の協力なくば立ちゆきませぬ。この二つの店を関前藩に結びつけたのは、他ならぬこの坂崎磐音にございます。いえ、仲介しただけではございませぬ。坂崎は今津屋の後見、ただ今、御用船の船上にあるは江戸受け入れ側としての監督にございます。本来ならばご家老、あなた様から坂崎に頭を下げ、世話になっておると一言ご挨拶を申し上げるのが筋、礼儀と申すものです。それを昼間から酒を帯びて荷揚げの場に姿を出されるとは、どういうことにございますか」

半蔵の言葉は舌鋒《ぜっぽう》鋭く一気に吐き出された。

利高の顔が真っ青に変わり、

「おのれ、藩物産所の組頭風情が家老のわしに楯突《たてつ》くか」

「ご家老ならば、ご家老らしい言動をおとりなされ。屋根船に化粧臭い女を待たせて、戦場にも等しき商いの場にお見えになるとは、言語道断にございましょう」

「半蔵、そのほうの処分、江戸屋敷に戻っていたす。覚えておれ！」

利高が縄梯子に縋って再び屋根船に戻っていった。

「中居様、厄介なことになりませぬか」

困惑の体《てい》で磐音が言った。

「坂崎、吉原に白鶴太夫を訪ねようとしたご家老を、狐《きつね》の面を被って二人で懲らしめたことがあったな、本来、あの折りに引導を渡しておくべきだったのだ」

磐音と半蔵は、江戸に出てきたばかりの利高が、評判の白鶴太夫が関前藩の元家臣の娘小林奈緒と知り、会いに行こうとしたのを狐の面を被って叩き伏せ、懲らしめたことがあった。

半蔵はそのことを言った。

「坂崎、もはや利高様に明日はない。あっては豊後関前藩六万石が立ちゆかぬわ。それがしも今日という今日は肚を決めた、それだけのことよ。さばさばしたわ」

と言い切った。

ツュンベリーは上段の間の御簾《みす》の中に人の気配がしたのを感じた。フェイトが平伏して頭を下げるのを見て、真似をした。どうやら御簾の中に将軍家治が御出座なされたようだ。
ツュンベリーは何度目かの挨拶の折り、そうっと御簾の中を窺った。すると家治と思しき人物が立って、こちらの様子を見ているのと目が合った。
にこり
とその人物が笑われた。

ツュンベリーも会釈を返した。

歳の頃は四十くらいか。日本人にしては中背のがっちりとした体付きをしていた。そして、将軍の左側に若い王子らしき人物が座して、興味津々にツュンベリーを観察していた。

家治の後継、若君の家基だろう。

淳庵からも甫周からも、父の家治よりも聡明な若君と聞いていたが、その英明さは凛々《りり》しい風貌に現れていた。

しいっしいっと叱咤の声が響いて、ツュンベリーは慌てて頭を下げた。

その後、フェイトは蟹《かに》の横這いと異人の間で称される奇妙な横歩きで、上段の間近くに挨拶に出向いた。

ツュンベリーがこの次、頭を上げたときには、御簾の中の父と子の姿は消えていた。

長崎屋で朝餉を食して以来、三刻（六時間）以上が過ぎて腹が減っていた。

だが、阿蘭陀商館長の将軍謁見の行事は終わりではなかった。

いったん謁見の座敷を退室した一行は広い御城の中を移動して、西の丸の館へと向かった。

先ほど御簾の中に座していた若君の館だが、家基はまだ西の丸館に戻ってはいなかった。ようやく御城から引き上げたと思ったら、御城近くに集まる老中六家の屋敷を順繰りに訪ねる仕事が残っていた。

老中屋敷の一軒では奥座敷に招じ入れられ、奥女中に接待されて茶と砂糖菓子と煙草が供された。

ツュンベリーは砂糖菓子に手を出そうとした。

すると長崎から従ってきた大通詞が、茶は飲んでよいが、煙草には手をつけるな、砂糖菓子は宿に持ち帰れと矢継ぎ早に命じた。

フェイトとツュンベリー一行が紅毛人旅籠長崎屋に戻り着いたとき、もはや夕暮れの刻限で、ツュンベリーは空腹すら感じないほど疲れ切っていた。

宿の前には二人の弟子が、桂川甫周と中川淳庵が待機していて、

「ご苦労さまにございました」

と丁重に迎えた。

「ジュンアン、喉がからからに渇いた。なんぞ飲ましてくれぬか」

とツュンベリーが願い、淳庵が、

「江戸での大事な御用を果たされたのです。今宵はたっぷり葡萄酒《ぶどうしゅ》など、お召し上がりください」

と労ってくれた。

長崎屋の門前の様子を磐音は遠くから窺い、ひとまずほっとして今津屋へと足を向けた。

阿蘭陀商館長に劣らず磐音の長い一日はまだ終わっていなかった。

三

磐音が立ち寄った今津屋では宮松たちが表の掃き掃除を終え、表戸が下ろされようとしていた。

「カピタンさんは長崎屋に無事戻られましたか」

宮松が叫んだ。

両国西広小路の一角にある今津屋界隈には、阿蘭陀商館長一行の騒ぎは伝わってこなかった。本石町とはだいぶ離れているせいだ。

「帰られたぞ」

磐音が店に入ると由蔵が、

「カピタンの謁見が終われば、いよいよ日光社参に話題は移りますな」

「そうですね。御城からはすでに先発隊が出立しております」

「カピタンの一行はいつ江戸を発《た》たれますな」

「この八日と聞いております」

「淳庵先生方も気が休まるのはそれからにございますかな」

「気苦労はございましょうが、ツュンベリー先生から最新の医学の知識やら手術の方法を聞くのが中川さんも桂川さんも楽しみのようですし、張り切ってもおられます」

「共に同じゅうする志があるのはよいものですな。こうなると、異人だなんだということもない」

「そういうことです」

磐音が台所に行くと、必死で今津屋の仕事に慣れようとするおそめが独楽鼠《こまねずみ》のように、奥と台所を行き来していた。

「おそめちゃん、頑張っておるな」

磐音が声をかけると、硬い笑みを返したおそめが奥へと向かった。おつねが、

「そう最初から気張るでねえよ」

とその背に言いかけ、磐音にも、

「後でぐったり疲れるでと言うんだが、あの娘は気張って働くだねえ。気働きも、並みの女衆とは比較にならねえよ」

と苦笑いした。

「そのうち慣れよう。少し我慢して見て見ぬふりしてくれぬか」

「坂崎さん、おそめちゃんの今の気持ちは肝心なことだ。わたしゃ、なにも不満を言ってるわけでねえよ」

「分かっておる」

磐音がいつもの板の間の火鉢のある場所に座ると、奥からおこんが姿を見せた。

「ご苦労さまでした」

「それがしは好き勝手にふらついただけでな、大した御用はしておらぬ」

「一難去ってまた一難か。日光社参が終わるまで、御城もうちも気の休まるところがないわ」

とおこんが気を引きしめた。

この夜、磐音は今津屋に泊まった。

翌朝、磐音は今津屋から宮戸川の鰻割きの仕事に出た。大川を渡って深川の地に足を踏み入れただけで磐音はほっとした。深川暮らしにようやく馴染んだということであろうか。

この朝、鉄五郎親方に頼み、鰻の蒲焼の竹皮包みを二つ作ってもらうことにした。

「ようがす。一つは浅草聖天裏の絵師北尾重政様ですね。届け先が分かるか、幸吉」

と親方が小僧の幸吉に確かめた。

「親方、おそめちゃんの父っつぁんの普請場が聖天町だったぜ。およそ分からあ」

「幸吉どの、あの界隈で絵師の北尾どのと伺えばたれもがご存じだ」

北尾重政には度々世話になっており、宮戸川に招くと口約束していたが、なかなかその機会がなかった。そこで届けてもらうことにしたのだ。

「一つは坂崎様がお持ち帰りですかい」

「先日来、うちの大家どのの元気がないでな、親方の鰻を食べてもらい精をつけてもらおうと思うてな」

「金兵衛さんか。腕によりをかけて焼くとしよう」

と鉄五郎が請け合った。

その鰻を下げて六間湯に行くと、湯屋じゅうに鰻の香りが広がり、

「坂崎さん、いつもは生臭いのに、今日はえらく香ばしい匂いを振りまいておられますな」

と番台の主《あるじ》の八兵衛《はちべえ》に言われた。

「金兵衛どのへの土産《みやげ》です」

「金兵衛さんなら石榴口《ざくろぐち》の向こうにいますぜ。さっきからちゃぽんとも音をさせねえからさ、息をしてるかどうか心配になってたとこだ」

磐音は慌てて衣服を脱ぎ、洗い場でざっと体を流して石榴口を潜った。すると確かに湯船の端に白髪頭が静かに浮いていた。

「湯屋の主どのが、息をしているかどうか案じておられましたぞ」

「馬鹿野郎めが。こっちは心静かに人の世の無常を思いつらねているところだ」

と金兵衛は反論したが、どことなく語調に張りがなかった。

「大家どの、昼餉のおかずはなんぞお考えか」

「昼餉ですって、さあてな」
「宮戸川の親方に鰻を焼いてもらいました。召し上がって元気をつけてくださ
れ」
「おこんの指図ですかい」
「いや、そうではないが、ちとお疲れの様子なのでな」
「坂崎さんのご厚意で。それはすまねえ。もう元気をつける要もねえ、ばあさん
のとこへ行こうかどうか考える毎日だ」
「そんな弱気でどうなさる。新川から文句を言われたことを気になさっておられ
るのか」
「もう、そんなことは気にもしてませんよ。仲人に立った者がさ、見合いの相手
には改めて大店の娘さんと見合いをさせて婚儀が整ったなんぞと、嫌味を言って
きましたよ」
「それはそれは」
「親の心子知らず。おこんはなにを考えているんだか」
「おこんさんはおこんさんで、金兵衛どのの身を心配しておられます。そう案じ
なされますな」

「そう、娘なんぞは他人と思えばいい。だからさ、鰻の蒲焼でも馳走になって、元気になり、後妻でも探すとするかな」

「その意気にござる」

昼前の六間湯は朝湯の忙しさが終わった頃合い、のんびりした時が流れていた。

「坂崎さんの折角の厚意だ。昼に美味しく食べさせてもらいますよ」

湯屋から金兵衛と連れ立って長屋に戻った磐音は、木戸口で金兵衛と別れた。

木戸口の梅の木が日を浴びていた。新しく伸びた緑の枝だけがすっと真っ直ぐに伸びて、老梅の息吹きを感じさせた。

長屋に戻るとまず部屋の格子戸と裏戸を引き開け、風を入れた。

鰹節屋から貰ってきた木箱を仏壇代わりに三柱の位牌《いはい》があった。

「慎之輔、琴平、舞《まい》どの、豊後関前から船が着いたぞ」

と友の位牌に語りかけると、その前に置かれた茶碗を持って井戸端に行き、新しい水に替えた。

「近頃、忙しそうだねえ。長屋に落ち着くことがないじゃないか」

水飴売りの五作の女房おたねが声をかけてきた。

「カピタンの上府、日光社参と続くでな、わが身も多忙を極めており申す」

「呆れたねえ。旦那は深川の金兵衛長屋の住人だよ、公方様じゃないよ。だれがカピタンや社参だと関わりがあるっていうんだよ」

「全くじゃ」

磐音は水を替えた茶碗を位牌の前に置き、合掌した。

この日、磐音は長屋で半日落ち着いて過ごした。

だが、紅毛人旅籠長崎屋に滞在するフェイト、ツュンベリーらは南北町奉行と寺社奉行の公式の訪問を受け、その合間には淳庵や国瑞ら蘭学の徒に南蛮医学の知識を授けたり、持参した手術の道具を見せて、使い方を教えたり、相変わらずの忙しい日々を過ごしていた。

夕暮れ、長屋に淳庵の使いが書状を届けてきた。一読した磐音は、しばし考えた後、外出の仕度をした。

淳庵と国瑞の頼みに応じて、その仕度を整えるためだ。その用事は翌日までかかった。

書状が届いて三日後の早朝、魚河岸の北側、本町三丁目河岸の堀留に、障子を厳重に引き立てた屋根船が停泊し、乗り物が二挺、屋根船のすぐかたわらまで密かに乗り付けられて、大きな影が二つ船に入った。さらに数人の影が出入りして、船の舫《もや》い綱が解かれた。

竿が差され、雲母橋《きららばし》、道浄橋《どうじょうばし》、さらに中之橋、荒布橋と魚河岸を取り巻く堀を巡って船は日本橋川に出た。

竿が櫓に替えられ、船は一旦御城の方角、西に舳先が向けられ、江戸橋、日本橋と潜り、一石橋まで遡ってゆっくりと方向を転じた。

その船の障子が少しばかり開けられ、外の様子を熱心に眺める人の目があった。

むろん外の様子を興味深そうに眺めるのは、阿蘭陀商館長のフェイトと医学者にして植物学者のツュンベリーの二人だ。

そして、接待する同乗者は、御典医にして蘭学者の桂川甫周と、若狭小浜藩の藩医にして蘭学者の中川淳庵の二人であった。

その付き添いに坂崎磐音が乗り、桂川家の料理人親吉《しんきち》が、屋根船の端に低い衝立《ついたて》を立てた向こうで料理の仕度を始めていた。

屋根船はすでに活気を帯びている魚河岸のかたわらをゆっくりと過ぎ、江戸の中心部を東西に貫く日本橋川を大川へと下っていった。

屋根船に珈琲の香りが漂ってきた。

国瑞の供で長崎に滞在したことのある親吉は、桂川家から料理道具や素材をあれこれと持ち込んでいたのだ。

阿蘭陀商館長の一行に長崎屋での休養が一日幕府から許されたのは、三日前のことだ。

桂川国瑞らの尽力があってのことだ。その背景にはツュンベリーのお蔭で将軍家治の養女種姫の麻疹が全快した事実があった。また、ツュンベリーが国瑞、淳庵らにもたらした麻疹の治療法が効を奏する兆候を見せていることも、その一因に上げられた。

だが、幕府の休養の表向きは長崎屋での滞在に限られていた。それを二人の若い蘭学者が磐音と密かに図って、船の上から江戸の町を見物させようという計画に変えたのだ。

その仕度に磐音は追われてきた。

まず秘密の順守があった。従うのは、絶対にこのことを口外しない者でなければならなかった。

船頭は磐音と昵懇の、船宿川清の小吉《こきち》にした。その補佐には品川柳次郎が船頭姿で乗っていた。料理人は親吉である。付き添いの用心棒は磐音だ。

大川に出た屋根船は舳先をゆっくりと河口へと向けた。屋根船の障子に朝の光が当たり、二人の異人は薄く開けた障子に目をつけていたが、淳庵の、

「珈琲が淹《はい》りましたぞ」

という阿蘭陀語に体の向きを変えて、驚愕《きょうがく》の顔をした。

珈琲とパンを衝立の陰から運んできたのはなんと、おこんとおそめ、日本の女だったのだ。

フェイトが驚きの声を上げ、ツュンベリーが淳庵を見た。淳庵が得意の阿蘭陀語で、

「先生方、今日のお供は国瑞と私の親しき友ばかりです。この女性《にょしょう》は、いつぞや先生方の身を守られた坂崎さんの親しき方々、おこんさんとおそめさんです。二人は武家の女ではなく町方です」

と紹介した。

長崎でも出島に押し込められ、江戸への道中でも常に長崎奉行支配下の役人に見張られて、日本の女性どころか男性にも会うことがなかなか難しい二人にとって、さほど広くもない船中で若い娘を見るのは好奇に満ちた経験だった。

おこんが、

「朝餉にございます」

と二人に差し出すと、ツュンベリーが淳庵に何事か囁いた。

「おこんさん、日本で会った最高の美形だと申しておられます。神秘的な美しさだそうです」

「ありがとうと答えておいて」

さすがは今津屋のおこん。

異人のフェイトやツュンベリーと対面しても堂々としたものだ。それに比べておそめはおこんの背に隠れて、二人の顔を見ないようにしていた。

「おそめちゃん、大丈夫よ。淳庵先生や桂川様のお師匠さんよ、礼儀を心得た方々なの」

おそめがぺこりと頭を下げるとフェイトは目を細めて、

「国に残した娘を見るようだ」

と感激の面持ちだ。

「お二人様、今津屋のこんが、今日は船の中からではありますが、花のお江戸を案内《あない》させていただきますからね」

と言い、それを淳庵が通訳して二人の異人が喜びの言葉を発した。

おこんに手伝ってもらおうと発案したのは磐音だ。

磐音は堅苦しい日本の武家社会の儀礼に神経をすり減らす二人の異人を垣間見て、おこんの手を借りることができないかと相談すると、おこんは二つ返事で、

「いいわよ、任せなさい」

と胸を叩き、手伝いにおそめを頼むわと、吉右衛門と由蔵に願って半日の暇をとったのだ。

最初、おこんらを同船させることを案じた国瑞も、フェイトらの和んだ様子を見て、

「これはよき考えであったな」

と感心していた。

小吉と柳次郎はすでに屋根船を佃島のかたわらにまで出していた。屋根船の障子が今までよりも広く開けられ、フェイトとツュンベリーは親吉が焼いてきたパンに珈琲の朝餉を摂りながら、海上から江戸の町並みや千代田城を食い入るように眺めていた。

屋根船は浜御殿の沖から深川の南側に回り、再び大川に戻ると、往来する舟を

見ながら遡行《そこう》していった。

二人の客は大川の両岸に広がる江戸の家並みを興味深そうに眺めて、淳庵に、

「江戸の町中にこのように水運が発達していようとは、これまで考えもしなかった。わが阿蘭陀の町の佇まいによく似ている」

と感心しきりだった。

御米蔵が並ぶ光景に、

「この国の幕藩体制が米で支えられていることがよう分かった」

「いやはや知らぬことばかりだ」

と次々に感想を述べ、熱心に見守る中、隅田村の入り江に入り、木母寺《もくぼじ》の境内の船着場に接岸した。

刻限はすでに昼近くになっていた。

岸辺には遅咲きの八重桜や山桜が咲き誇り、風にはらはらと花びらを散らしていた。

フェイトとツュンベリーは目の覚める光景に息を呑んでいた。

木母寺には、今津屋の名を出して半日岸辺を借り受ける話がついていた。桜の下に幔幕《まんまく》が張られ、親吉が昨日から精魂込めた南蛮料理の数々が並んだ。そして、

酒や葡萄酒が並び、二人の紅毛人は感激に言葉を失った。

親吉は船の厨房《ちゅうぼう》で天ぷらを揚げ、供した。

阿蘭陀商館長のフェイトが、

「私は長崎滞在を含めてこの日本に何年も滞在してきたが、このような心からのもてなしを受けたことがない。わが家に戻ったようでお礼の言葉もない」

と感謝の気持ちを伝えた。

幔幕に囲まれた宴の席で酒盛りが始まった。

おこんとおそめは二人がなんでも食べることに感心し、また心から寛いでいる様子に、異国に暮らす苦労を偲《しの》んだ。それだけに接待は心の籠《こも》ったものになった。

ツュンベリーが磐音や柳次郎、それに親吉も一緒に宴に加わってほしいと願い、十人が淳庵と国瑞の通訳で和やかな時を過ごした。

夕暮れの刻限が木母寺の岸辺に迫り、八重桜が一段と鮮やかな彩を見せた。そして、風が吹くとはらはらと花びらが散る光景はえもいわれぬ美しさであった。

「そろそろ帰る刻限じゃな」

磐音の言葉に、柳次郎と小吉は船の帰り仕度を始めた。

フェイトとツュンベリーはなんとも名残り惜しそうに桜の岸辺を歩き回った。

幔幕が片付けられ、屋根船に提灯の灯りが入った。

二人の異人がおこんとおそめの手を取って、船に乗船させようとしたとき、柳次郎の緊張した声が響いた。

「坂崎さん、怪しげな船が接近して参ります」

磐音も木母寺の入り江に急接近してくる早船を見ていた。船には十数人の人影があって、緊張が漂っていた。

「中川さん、フェイトどのらを船に乗せてください」

「品川さん、船の警護を頼む」

「おこんさん、おそめちゃんを頼んだ」

磐音は矢継ぎ早に命を下すと、自らは用意してきていた木刀を握った。

早船は十数間に迫った。

磐音は屋根船の灯りに、一統の長が田沼意次の御近習林市太郎助ということを確かめた。

「中川さん、二人の客人には絶対に船から離れぬようお願いしてください」

「分かった」

淳庵の声が緊張して答えた。

早船から数人の者たちが立ち上がり、舳先から岸辺に飛んだ。どう見ても浪々の剣術家で、身過ぎ世過ぎに怪しげな仕事を請け負い、生きてきた連中だ。

最後に林市太郎助が、今まで幔幕が張られていた岸辺に上がった。

一統の狙いは最初に磬音を始末して、屋根船の始末をつける算段のようだ。

「なんぞ御用にございますか、林市太郎助どの」

機先を制せられるように名を呼ばれた市太郎助が、驚きの表情を見せた。

「おや、今日のお腰の刀は和泉守兼定ではございませぬな」

「おのれ！」

「こやつを斃《たお》した者には二十五両の褒賞《ほうしょう》を出す」

市太郎助の言葉に、不逞《ふてい》の剣客の中でも一番の巨漢が前に進み、

「そなた、林どのと申されるか。われらには田淵《たぶち》と名乗られましたな。その褒賞、日当とは別でございましょうな」

と足元を見たように訊いた。

「別である」

市太郎助が苛立って叫んだ。

「よし、関田五郎平《せきたごろべい》が貰った」

仲間を制すると、豪剣を抜いた。身幅が厚く、刃渡り二尺九寸はありそうな大《おお》業物《わざもの》だ。

それを担ぐように立てた。

磐音は愛用の木刀を下げたまま、まず関田がこの中で一番の腕前と見た。

両者の間合いはほぼ二間。

磐音は正眼に木刀を構え、晩春から初夏へと移り変わる大川の岸辺の空気に同化するように立っていた。

フェイトがこの青年武士の剣術を見るのは初めてのことだ。

二人はまるで対照的に対峙していた。

一人の無頼漢は恐ろしげな剣を高々と構え、ツュンベリーの弟子たちにサカザキサンと呼ばれる武士は、稽古に使うと思われる木刀を前に軽く突き出すように構えていた。この若者はすべてに超然として、初めて見る感じの日本人だった。

ふいに岸辺に奇声が走った。

巨漢が叫ぶといきなり巌《いわお》が動き出したように突進した。

間合いが見る見る縮まった。

だが、サカザキサンは動かなかった。

フェイトとツュンベリーが思わず目を瞑ろうとした瞬間、
そより
と青年武士の手が躍った。
突進してきた巨漢の小手を木刀で叩くと、さらに踏み込み、肩口を、
ばしり
と決めた。
巨漢が立ち竦み、腰ががくりと沈み込むと、その姿勢のまま横倒しに転がった。
慄然《りつぜん》とした沈黙が流れた。この沈黙に乗じて一統の中から三人がサカザキサンに斬りかかった。
だが、サカザキサンが優美な動きで木刀を振るうと、三人が次々に倒れ伏した。
一瞬の早業だ。
「次のお相手は」
もはや刺客の中から立ち向かう勇気のある者はいなかった。
木刀が林市太郎助に回され、
「林どの、そなたの自慢の兼定、さる幕閣の方が保管しておられます。もしそれが表沙汰になれば、武士の魂を忘れた所業、そなたばかりかそなたの主どのにも

差し障りが生じましょう。今日のことはそれがしも忘れ中す。そなたも忘れなされ」

と暗黙の裡《うち》に異人を見なかったことにせよと命じた。

市太郎助の顔が悔しそうに歪《ゆが》み、くるりと背を回すと早船に飛び乗った。倒された仲間たちを抱えた刺客たちが慌てて早船に乗り込み、来たときと同じように猛然たる船足で闇に消えた。

四

陰暦卯月《うづき》八日朝、六郷の渡し場は、江戸参府から長崎に戻る阿蘭陀商館長一行の渡りで賑わっていた。

その荷物は莫大で、ツュンベリーが二十五日の江戸滞在中に収集したり、買い取ったりした植物、鉱物、動物の標本であった。その中には龍《たつ》の落とし子から珊《さん》瑚《ご》、石鹸石《せっけんせき》、津軽石《つがるいし》、さらには馬の胃の中から出てきた石灰石までと幅広くあった。

これらの標本を参考にして、ツュンベリーは欧羅巴《ヨーロッパ》に戻り、『日本植物誌』と

『日本植物図譜』を出版して評判を呼ぶことになる、後年のことだ。

すでに岸辺にはフェイト商館長と医師ツュンベリーの姿があって、忠実な弟子、中川淳庵と桂川甫周との別れを惜しんでいた。

この朝、坂崎磐音とおこんは今津屋から六郷の渡し場にやってきていた。江戸へ入るとき厳しかった警備も、将軍家拝謁が無事に済んだせいで、幾分緩やかになっていた。そのお蔭で二人の異人たちも乗り物から降りて、見送りの人々と歓談することができた。

長崎奉行支配下の大検使らは再びひと月に及ぶ道中を続けて、ようやく大役を果たすことになるのだ。

「淳庵先生も、桂川先生もどこか名残り惜しそうねえ」

「中川さんなど長崎に同行せんばかりの勢いだからな。異国から習うことはいくらもあると言うておられた」

「なにかに打ち込むものを持っておられる方は素敵ね」

杉田玄白、前野良沢、中川淳庵、桂川国瑞ら『解体新書』の翻訳に関わった蘭方医たちは一夕、ツュンベリーと会食して、苦労を重ねた解剖書を見てもらい、図譜の説明の細かい間違いなどの指摘を受けていた。

その席で淳庵と国瑞はツュンベリーが愛用してきた手術道具を贈られたとか、いつまでも感激に浸っていた。

だが、日本の医学にもたらされた貢献は手術道具だけではなかったのだ。江戸滞在中、片時も離れることなく知識の吸収に努めた二人の功績こそ、評価されるべきもの、大いなる進歩であった。

ふいに国瑞が磐音とおこんの立つ土手下にやってきて、

「カピタンのフェイトとツュンベリー先生が、お二人に別れを申し上げたいそうです」

と磐音とおこんを二人の異人のもとへ連れていこうとした。

警護の川役人が制止しかけたが、国瑞の羽織の葵《あおい》の御紋の威力で黙らせた。

フェイトがまずおこんの腕を取り、びっくりするおこんを軽く抱擁《ほうよう》した。驚いたのはおこんだが、フェイトの目が潤んでいるのを見て、

(これが南蛮の別れの挨拶なのだ)

と身を硬くしてじっと我慢をしていた。

そのフェイトとツュンベリーは、おこんに南蛮の銀細工の手鏡を、おそめに亜《あ》麻《ま》で織られた刺繍入りの手巾《しゅきん》を贈り物として用意していた。

ビードロで作られた手鏡は、日本の銅鏡よりもはるかに綺麗におこんの顔を映した。

「なにもしていないのに戴いてよいのでしょうか」

おこんが淳庵に念を押した。

「江戸滞在中、なにが楽しかったかって、おこんさんたちとご一緒した船遊びがいちばんだそうです。フェイト商館長もツュンベリー先生も、何度私たちに繰り返されたか数えきれませんよ」

と淳庵が笑った。

おこんが磐音を見た。

「素直に戴いておくものだ」

「ありがとうございます」

おこんが二人の阿蘭陀人に頭を下げた。

ツュンベリーが磐音の手を取った。そしてなにか言いかけた。

「日本のサムライとはかくある人か、あなたと知り合えた私たちの感激でこれに勝るものはありません、と申しておられます」

淳庵が自らも感動の様子で通訳してくれた。ツュンベリーは懐から使い込んだ

小刀を出すと、

「これを記念に受け取ってほしい」

と磐音の手に渡した。

小刀は柄と刃の部分が二つに折れて、鹿の角で飾られた柄に三寸ほどの刃が折り込まれるようになっていた。

「それがしにまでお気遣いいただき、真にありがとうございます」

磐音の言葉が珍しく緊張に震えていた。

「江戸滞在中の神秘がおこんさんならば、奇跡は坂崎さんの剣の技だそうです。私どもは何度もフェイトどのとツュンベリー先生から、よきサムライを友に持てて幸せだと言われました」

国瑞が笑って言いかけたとき、大検使が、

「カピタン渡御！」

の大声を張り上げた。

再び渡し場で別れの挨拶が繰り返され、ついにフェイトとツュンベリーが渡し船の人になった。

淳庵と国瑞は何度も何度も腰を折って二人に感謝していた。

磐音とおこんも渡し船が向こう岸に着き、行列が組み直されて、川崎宿へと姿が見えなくなるまで手を振り続けた。

「とうとう行かれたな」

淳庵が虚脱したように呟いた。

「長崎に戻られた」

国瑞が応じた。

六郷の渡し場に一抹の寂しさが漂った。

「気落ちばかりはしていられないわよ。皆さんはあと五日後には、日光社参の随行に出立よ」

おこんが男たちの感傷を振り払うように明るく言った。

「そうだ、上様のお供が待ち受けておるぞ、国瑞」

「そうでしたねえ、気持ちを切り替えねばなりませんね」

「国瑞、われらはこの二十五日、南蛮の学問を学ぶ至福に恵まれたのだ。今度はそれをお返しする番じゃぞ」

「そうですね」

将軍家の御典医と若狭小浜藩医が言い合い、

「おこんさん、江戸に戻りましょうか」

と国瑞が気持ちを奮い立たせて明るく答えた。

おこんと磐音が今津屋に戻ると、奥座敷で日光随行の出納方の顔合わせが行われていた。

勘定奉行太田播磨守正房の番頭格ともいうべき勘定組頭の佐貫又兵衛《さぬきまたべえ》が今津屋を訪ね、出納方として陣頭指揮を振るう由蔵、その補佐の新三郎、両替商越後屋佐左衛門《さざえもん》の番頭藤三郎《とうざぶろう》、備前屋作五郎《さくごろう》の番頭勝蔵《かつぞう》が顔を揃えていた。むろん吉右衛門もいた。

おこんが改めて茶を供するために座敷に顔を出すと、吉右衛門が、

「坂崎様はご一緒ですか」

と訊いた。

「お店に待機しておられます」

「呼んでくれませんか」

と磐音も座敷に呼ばれた。

「佐貫様、皆様方、このお方がうちの後見にございましてな、私が全幅の信頼を

寄せるお方にございます。こたびの日光社参にも太田様のご家臣として随行なされますが、実質はわが出納方の後見にございます。坂崎様には、なんぞ障りが出来したときには大所高所から判断していただくことになろうかと思います」

吉右衛門が言い切り、佐貫が、

「殿から話を聞いており申す。坂崎どのは上様の御側衆速水左近様とも昵懇の間柄だそうな」

と磬音に問いかけた。

「速水様は神保小路の佐々木玲圓先生の剣友にございます。それがしは佐々木道場の末席を汚しております。その縁で時に声をかけていただきます」

「なんぞ起こっても、肚の据わった方がおられるは安心にござる。よしなにお願い申す」

「こちらこそよしなにお引き回しくだされ」

と挨拶を交わすと、藤三郎も勝蔵も頭を下げた。

この場で、今津屋吉右衛門はなんぞあったときのために江戸に残ることが決められ、全員が承知した。

今津屋で夕餉を馳走になった磐音は深川六間堀の金兵衛長屋に戻った。日光社参の間、宮戸川の仕事も休まなければならず、また長屋に戻る暇もなくなると考えてのことだ。

長屋の戸口に書状が挟んであった。

五作のところで熾《おき》を分けてもらい、行灯《あんどん》に灯りを入れた。

書状は中居半蔵からで、

「明日昼下がりに芝二本榎《にほんえのき》下屋敷に来られたし」

という誘いの文であった。

磐音は、藩主の実高が父の正睦に引き合わせようと下屋敷に呼んだことを直感した。

翌日、宮戸川の仕事を終えた磐音は鉄五郎親方に改めて日光社参に随行する間の休みを願った。

「上様とご一緒するなんぞは、深川広しといえども坂崎さんくらいだ。行ってきなせえ、行ってきなせえ」

と快く許してくれた鉄五郎に、

「また本日、関前藩の下屋敷に伺うことになりました。鰻の蒲焼と白焼きをお願いいたしたい」

「お父上が出府なされているということですね。いつもより多めに焼いておきますぜ」

「湯屋に行き、着替えをしたのち取りに参る」

「坂崎さん、お武家様が岡持ちを持って歩くのもなんだ。それを知ったらお父上が嘆かれる。そんなことを許したとあっちゃあ、宮戸川の鉄五郎の沽券に関わる。やめてくだせえ」

「そうかな」

「幸吉と松吉に届けさせますから、坂崎さんは空っ手で先に行きなせえ。刻限はいつにしますかい」

「八つ（午後二時）では如何《いかが》か」

「承知しました」

磐音は宮戸川から六間湯に回った。すると今日も金兵衛に会った。

「坂崎さん、さすがに評判の宮戸川の深川鰻だねえ。頬っぺたがおっこちそうになるくらい美味かったよ」

と礼を言われた。

「少しは元気になられたか」

「もう大丈夫だ。今度は策を弄《ろう》して、おこんに見合いだと悟られねえように仕組むよ」

「ほう、また別口がございますので」

「ないこともない。万事はこの金兵衛の胸三寸だ」

どてらの金兵衛が威張ってみせた。

長屋に戻ると鉄錆色の小袖の着流しに大小を差した。旧主と父に面会するのだ、本来ならば羽織袴を着用すべきであろうが、袴の裾《すそ》はほつれ、羽織の襟は毛羽立っていた。

とても江戸の町中で着られた代物ではない。今津屋に立ち寄ればおこんが羽織袴を用意してくれようが、

「浪々の身なれば構うまい」

と着流しで行くことにした。

磐音が豊後関前藩の芝二本榎の下屋敷に到着したのは九つ半（午後一時）と八

つ（午後二時）のちょうど間くらいの刻限だった。

門前には別府伝之丈と結城秦之助が待っていた。

「お待ちにございます」

「伝之丈、秦之助、そのうち鰻が届く。松吉どのと幸吉どのの二人で運んでくるのだが、鰻の扱いは二人が慣れている。そのまま庭先から奥へ通してくれぬか。殿にはお許しを得ておく」

「承知しました」

二人に案内されて奥に通った。

縁側に向かって開け放たれた座敷で、福坂実高とお代《だい》の方が、そして、父の正睦が談笑していた。

庭には八重桜が咲き誇り、風にはらはらと花びらを散らしていた。その光景が磐音に遠い時代を思い起こさせ、なぜか懐かしかった。

「磐音、久しぶりじゃのう」

と実高が言い、なんとなく磐音の身を探るように見た。

「今日は手ぶらか」

実高の言葉にお代の方が、

「殿、はしたのうございます」

と注意した。

「はしたのうもなにも、お代、そなたも楽しみにしていたではないか」

「そのようなことを」

正睦が二人の会話を訝《いぶか》しそうに聞いている。

「正睦、そなたは承知ないであろうが、磐音が割く鰻の美味なこと、絶品でな。磐音が参るときはいつも土産にしてくれるのじゃが」

と磐音を見た。

「殿、お代の方様、ご安心くださりませ。熱い焼き立てがそろそろ届きますれば」

「そうか、安心したぞ」

「父上、上方から江戸に伝わった鰻が江戸風に手を加えられ、江戸前と称して、上方とは割きも焼きもたれも異なった食べ物に変じました。それがしが世話になる宮戸川の蒲焼は、近頃では深川名物宮戸川と評判を呼び、船や駕籠を仕立てて食べに来られる方や、谷中日暮里に隠棲なされた通人たちが出前までして賞味されるのです」

と正睦に説明した。

「そなたの暮らしは聞くだに不思議なものよのう。幕府の首ねっこを押さえておられる両替商筆頭と付き合いがあるかと思うと、鰻割きが生計《たつき》か」

「それが磐音の深川暮らしにございます」

にこりと笑った実高がぽんぽんと手を叩き、お女中衆によって膳と酒が運ばれてきた。

「本日は正睦が上府してきた歓迎の宴じゃが、心を許し合うた者の集まり、のんびり酒を酌み交わそうぞ」

というところに廊下に足音が響き、鰻の香りが、
ぷーん
と漂ってきた。

正睦がくんくんと鼻を動かし、実高が、

「正睦、これが鰻の蒲焼の香りじゃ」

と教えた。

「なんとも初めて嗅ぐ匂いにございます」

「お侍、親方が猪牙で行けと許してくれたんだ。まだ熱々だぜ」

なんと廊下から宮戸川の小僧の幸吉の遠慮のない声が響いた。

岡持ちを提げた幸吉の後ろには、緊張しきった松吉が従っていた。無作法にも庭先に回らず廊下を来た二人を、

「殿、お代の方様、父上、この二人はそれがしの朋輩《ほうばい》にございます」

と慌てて紹介した。

「おおっ、よう参ったな」

鷹揚にも実高が幸吉に声をかけ、

「お代、なんぞ小僧が喜ぶものはないか」

と言うとお代の方が、

「ただ今、なんぞお使い賃を用意しましょうな」

とお付きのお女中を呼び、何事か命じた。

松吉と幸吉が褒美の品を戴き、関前藩の奥座敷から消えた後、一同は酒を酌み交わし、鰻の蒲焼やら白焼きを食した。

「おおっ、これは関前で調理いたす鰻とはまるで違いますな」

鰻を頬張《ほおば》った正睦がにっこりと笑った。

「正睦、鰻は深川鰻に限るぞ」

ゆるゆるとした時が流れた。

日光社参のことも藩の御用も一切話題には上らず、ただ季節の移ろいを楽しみながら、酒と料理を堪能した。

磐音がふと気付くと夕暮れの庭の桜に残花が残り、それが朧《おぼろ》に浮かんでいた。

磐音が豊後関前藩の芝二本榎の下屋敷を出たのは、五つ（午後八時）の刻限に近かった。実高とお代の方は最初から下屋敷に泊まられる予定だった。だが、正睦は上屋敷に戻るという。そこで磐音が同道することになった。

正睦は屋敷を出るとすぐに乗り物を降りて、供の者を先に行かせ、磐音と肩を並べて歩き出した。

「今宵は楽しかった。礼を言うぞ、磐音」

「ようございました」

しばらく正睦は無言で歩いた。

磐音は話があってのことと承知していた。だから、磐音も父が口を開くまで待っていた。

「藩の直営の店じゃが、魚河岸近くに出店する目処がついた」

「ようございましたな」

「それもこれもそなたのお蔭じゃ」

磐音はただ頷いた。

「磐音、江戸家老の行状、半蔵から聞いたな」

この問いにも答えられなかった。

「利高様をご推薦申し上げたはこの正睦じゃ。まさか藩の公金にまで手を付けて遊興に耽《ふけ》られるとは思わなんだ。ご推奨申し上げたわしに罪の一端がある。殿に辞職を願うた」

「殿はなんと仰せになりました」

「利高様の行状を明らかにするのが先決。明白なる証《あかし》がある以上、殿自身がお裁きになると仰せられた。この正睦の進退はその後ということだ」

「はい」

先行する乗り物がふいに止まった。

磐音は足を早めた。

正睦が従ってきた。

乗り物は三田台町の正泉寺の門前で止まっていた。

磐音は乗り物が停止した理由をすぐに知った。

菅笠の下、手拭いで顔を隠した武士が一行の行く手を塞ぐように立っていた。

無言のままだが磐音はすぐにだれか悟った。

江戸家老福坂利高の股肱の臣、愛洲陰流を独学で学んだという伊藤忠伍だ。

「父上をお守りせよ」

磐音は供の者に命ずると、
するする
と伊藤の前に出た。

「磐音、存じよりの者か」

「はっ」

伊藤忠伍が剣を抜いて正眼に構えた。

刺客は一人、だが、並々ならぬ腕前の持ち主だ。磐音が斃されれば正睦の命にも関わった。

磐音は包平《かねひら》を抜いて相正眼にとった。

間合いはまだ三間ほどあった。

「磐音、まさかわが家中の者ではあるまいな」

もはや正睦の問いに磐音は答えられなかった。
伊藤忠伍が間合いを詰めて、生死の間仕切りを切ろうとしていた。
互いに切っ先を上げ合った。
その対峙のまま重苦しい沈黙の時が過ぎていった。
長い長い静寂の後、伊藤が立てた切っ先を、
すうっ
と伸ばすと、音もなく間合いを詰めてきた。
磐音はさらに包平を胸元に引き付けて、満月に絞った弓弦《ゆづる》から矢を放つように
振り下ろした。
伊藤の切っ先が磐音の喉首《のどくび》に伸びてきた。
磐音はその場から右足《うそく》半歩に踏み込みつつ、刃渡り二尺七寸の包平の一撃に運
命を託した。
包平が菅笠の頭を捉え、そのまま眉間を斬り下げた。
その瞬間、磐音の喉一寸に迫った切っ先がふいによれて力が抜けた。
ううっ
と呻いた伊藤忠伍がその場に立ち竦み、次の瞬間には腰砕けに辻に斃れ込んだ。

血の臭《にお》いが薄く漂い、死の気配が広がった。

「磐音、そなたは」

と正睦の声が響き、磐音は、

「父上、お駕籠へ」

と答えると包平に血振りをくれた。

どこからか残花の花びらが一枚二枚、はらはらと戦いの辻に落ちてきた。

《特別著者インタビュー》
いま、「居眠り磐音」を振り返りて〈後編〉

「居眠り磐音」〈決定版〉シリーズ刊行に際し、著者・佐伯泰英さんにこの長大なシリーズを振り返っていただく特別インタビュー。〈後編〉は、奈緒とおこん、ふたりのヒロインと磐音の関わりから、作品に込めた思いを伺います。作家生活を支える佐伯流・健康管理の秘訣もお話しいただきます。

――『居眠り磐音　江戸双紙』シリーズ刊行中から、磐音と奈緒には結ばれて欲しいと願う読者が多かったようですね。

小林奈緒は磐音の許婚でしたが、二人は結ばれない。磐音同様、奈緒も悲劇の人。読者の方からのお手紙を読んで、奈緒のファンが本当に多いことは分かっていましたが、二人が早々に結ばれてしまうと、物語が簡単に終わってしまう。結ばれなかったことが五十一巻も続いたもうひとつの理由ではないでしょうか。

とはいえ、どこかで幸せにしてあげなきゃいけないという思いはありましたから、吉原から身請けする人物と出会わせました。著者としてはサービス過剰（？）かもしれませんが（笑）。

――一方、おこんは当初、今津屋の奥にいる女中で、たまに登場するわりには存在感がありましたが、奈緒に比べると霞んでしまって……。

物語序盤では、メインの人物になるとは考えていなくて、名前も雑に決めてしまった記憶が……気の毒だったね（笑）。ただ、いま思えばそれで良かった。奈緒は小林という姓を持つ武家の娘であるのに対して、おこんは町人の金兵衛さんの娘。磐音は、住む世界が違うおこんと知り合って、長い時間をかけて惹かれていったのですから。

――磐音にとって、おこんの存在が大きくなったきっかけがあったのでしょうか。

奈緒と耐え難い別れ方をしても、武家の嫡男として育った磐音は、内なる感情を抑える術を承知している。西国九州から長い旅のはて、江戸に着いたときにはある程度は吹っ切れていたかもしれないが、人間そう簡単に忘れられるわけではない。

そんな心に大きな穴があいた磐音の傍に常に寄り添ったのがおこん。浮世絵師の北尾重政が描いて、〝今小町〟と絶賛されようが、磐音はほとんど動じない。むしろ、今津屋の病気のおかみさんに献身的に尽くし、誰彼区別なく接する彼女の魅力に、徐々に気付いていく。身分の違う彼女の人柄を理解するまでに時間はかかったかもしれないけれど、少しずつ向き合っていくんです。磐音が奈緒を想う気持ちは終生変わらないけれど、おこんはそれも含めて包み込もうとする。男女の物語は、そうであって欲しいという理想を描いていて、もちろん、僕の経験ではありません（笑）。

――現代は、男性が自信を失って、生きづらいと感じる世の中です。強く優しく、女性にもモテる磐音のような男性は理想ですが……。

ええ、こんな男性、現代にはなかなかいないでしょう（笑）。俳優の高橋英樹さんからは、私の作品のヒロインについて、「こんな女性いるわけないだろ！」と言われたこともあります。そうなんです、こんな男性や女性そうそういない。私のできないこと、こうあって欲しいという願望や夢を書いてきただけですから。

物が溢れ、情報が飛び交う現代は、一見豊かな社会ですが、現実は漠たる不安に囲まれている。せめて私の物語の中では一時でもご自分の境遇を忘れて欲しい。主人公たちがどんどん追い詰められて、苦しく、悲しいだけの物語ではなく、最後には楽しかったねと思える物語を書いてきました。百人の作家がいれば、百通りの世界観と書き方があっていいと思うんです。

――佐伯作品は、家族三世代で楽しめる物語と言われたこともありますね。

私と同世代の方に安心して読んでいただいた結果、それをお嫁さんが読み、その娘さんが読んで、三世代に読み継がれたんです。つまり、自信を失いつつある男性にエールを送ろうとしたのですが、この物語を認めいち早く評価してくれたのはむしろ女性だったのです。「私は北海道の農場で乳搾りをしながら読んでいます」というようなお手紙をたくさんいただきました。むろん、NHKで十年近くにわたって放映された時代劇「陽炎の辻」と、主演の山本耕史さんのおかげで、時代小説を初めて手にしてくれた方が多かったのも事実でしょう。

世界に漠たる不安が渦巻くなか、こんな物語があってもいいのではないかと思いますし、これからも書き続けると思います。

「江戸ファンタジー」と史実と

――現代人が安らげる物語は、現代ではなく江戸時代を舞台にするからこそ創作できたのでしょうか。

江戸時代というのは、二百六十年間、徳川幕府というひとつの政治体制のもと、「パクス・トクガワーナ」と呼ぶべき、安定と平和が続いた特異な時代です。江戸時代中期以降には、消費社会が出現し、「磐音」ではお馴染み鰻料理や鮨などの美味しい食べ物や下り物の酒や着物が広まり、吉原の遊女のファッションや化粧品、ヘアースタイル、小間物などが一般女性にも大きく影響を及ぼします。夜盗や殺しなどの事件や火事、地震や噴火、干害などの天災も多かったけれど、その上、庶民の九尺二間の住居は最後まで狭いままだったけれど、それでも明日働けば日銭を稼げてどうにか生きていける、という安心感を庶民は持っている。こんな逞しい社会ならば、浪々の侍が活躍する、いわば「江戸ファンタジー」だってあり得るんじゃないか、そう思ったんです。

――では、現地取材や資料の読み込みは大変だったのでは？

もちろん、知らないことはできるだけ調べるようにしましたが、なにせ二十日間で一冊を仕上げるので、取材して、資料を整理して……と悠長にやっている時間はありませんでした。それに、資料に制約されて、物語を書くことがしんどくなることもある。典型的な例が、磐音たちが動き回る江戸、とくに深川や本所の街並み。たとえば、竪川や小名木川は現在もありますが、石垣ならまだしも現代のブロックで整備されていますし、六間堀に行っても、下町の雰囲気は残ってはいますが、マンションや飲食店が立ち並んでいて、とても江戸の風景をイメージするなんてできない。むしろ、古地図をじっくりと眺めて沸き立ってくる自分のイメージで書いた方が楽だったわけです。

――しかし、全くの「ファンタジー」ではなく、磐音と実在の人物の絶妙な絡み合いも、このシリーズの面白さです。たとえば、これから登場する徳川家基は実在の人物ですね。

史実では、十代将軍家治の長男で、当然次代の将軍になるはずが、若くして亡くなった――言ってみればこれだけの人物です。この人を磐音と絡ませたらどうなるか。時は安永五年。外国船が近海に出没するなど、人々は不安を抱えている。そこで徳川幕府は、家康を祀る日光東照宮に参拝することで、人心の引き締めを図った。この史実である日光社参に、家基が行ったらどうなるかと考えた。家基を出したことで、田沼意次には敵役になってもらって、壮絶な戦い、そして決着にまで繋がっていった。

裏の主役・田沼意次

——家基も田沼も「磐音」シリーズを突き動かす推進力になったわけですね。

読者に「あ、この時代の話か」と感じてもらえるような史実を探した結果、幸運にも巡り合えたんですね。これはそれほど有名人でなくてもよくて、当時の最新医学の知識を持ったオランダ商館の医師が江戸にやって来て長崎屋に泊まっているなら、病気になった江戸の人を診察するかもしれない、そう思うとわくわくします。磐音を仲介役にすれば、多少の障害は越えられる。物語が進んでいくんです。著者にとっても、彼は格好の便利屋さんなわけです（笑）。

——まさに敵役の田沼意次に輝きがあるから、磐音が引き立つのですね。

最初は改革の志に燃えた、善き人だったんだ。やがて権力を握り、金銭欲が出てくると、やっぱり人間は弱いですよね。そんなにお金を手にしてどうするのと思うけれど、田沼も大名になって変わってしまったんでしょう。実際には良い政治もしていることを理解しつつ、悪い役を引き受けてもらいました（笑）。時代劇は、見るからに悪い顔の人がいると物語が締まりますから。

——田沼との対決はまだまだ先のことですが、〈決定版〉は二年余にわたる長期プロジェクトです。

はい、健康維持が第一と、規則正しい生活と一日一万歩の運動を欠かさず行っております。

——毎日一万歩ですか？

私は午前四時には起きます。まず二時間、仕事。小説の一節の半分ほどは書きます。一時中断、愛犬みかんと散歩して、歩数計は三千六百歩。帰宅したら風呂に入って三十分体操して、七時半に朝食。八時半には再びパソコンの前に座り、昼までに一節書き上げる。二年前から一日二食にしているので、昼は食べません。ゲラの校正などもしますが、合間に自宅二階のベランダ、通称〝佐伯ジム〟でドスンドスンと足踏みをして歩数を稼ぎます。

午後三時半、週に二、三回の鍼灸に行って、そのままみかんと夕方の散歩兼ドライブ。みかんも私もドライブが気分転換になります。五時前に帰宅、ここまででだいたい一万歩ですね。風呂に入りますが、早くビールが飲みたいのですぐに出ます（笑）。瓶ビール一本と、ワイングラス二杯か日本酒七酌。新聞を読んだりしていると午後八時頃になって、寝室へ。娘が買ってくる、北欧かイギリスのミステリーの翻訳や、内田百閒の日記を引っ張り出して小一時間ほど読んでから寝ます。

それと、東京へ仕事に出掛けたついでに、二カ月に一度、北里大学の漢方鍼灸治療センターで診察を受け、漢方を処方してもらいます。病を患っての病院通いにあらず。体調を維持するために必要な病院通いなので、気楽です。このとおり体調維持は抜かりなくやっております！

――安心しました（笑）。最後に、読者のみなさんへメッセージを。

時代小説第一作から二十年間、二百六十冊を超える物語を書いてきました。最初に飛び込んだ映画の業界は、組織の歯車になることができず、ついで現代小説は書けども書けども売れず、いよいよ進退窮まり、決死の覚悟で書いた時代小説でなんとか生き延びた。ただただ、何か残せるはずだ、と見通しもなく自分の経験と努力に賭けて書き続けてきた。縁というか、宿命を感じます。自分の年齢を考えると、これほど長いシリーズに手を入れる機会は二度とないかもしれません。読者のみなさまも、まずはお元気で（笑）、このチャレンジにお付き合いのほど、よろしくお願いいたします。

文春文庫

残《ざん》花《か》ノ庭《にわ》
居眠《いねむ》り磐音《いわね》（十三）決定版《けっていばん》

定価はカバーに
表示してあります

2019年8月10日　第1刷

著　者　佐伯《さえき》泰英《やすひで》
発行者　花田朋子
発行所　株式会社 文藝春秋

東京都千代田区紀尾井町 3-23　〒102-8008
TEL 03・3265・1211㈹
文藝春秋ホームページ　http://www.bunshun.co.jp

落丁、乱丁本は、お手数ですが小社製作部宛お送り下さい。送料小社負担でお取替致します。

印刷製本・凸版印刷

Printed in Japan
ISBN978-4-16-791334-2